S0-ADL-837

Pasión en privado

Annie West

THE CHICAGO PUBLIC LIBRARY
ROGERS PARK BRANCH
6907-17 N. CLARK STREET
CHICAGO, ILLINOIS 60626

NOV - - 2008

Bianca™

HARLEQUIN™

Editado por HARLEQUIN IBÉRICA, S.A.
Núñez de Balboa, 56
28001 Madrid

© 2007 Annie West. Todos los derechos reservados.
PASIÓN EN PRIVADO, N.º 1852 - 9.7.08
Título original: The Greek Tycoon's Unexpected Wife
Publicada originalmente por Mills & Boon®, Ltd., Londres.

Todos los derechos están reservados incluidos los de reproducción,
total o parcial. Esta edición ha sido publicada con permiso de
Harlequin Enterprises II BV.
Todos los personajes de este libro son ficticios. Cualquier parecido
con alguna persona, viva o muerta, es pura coincidencia.
® Harlequin, logotipo Harlequin y Bianca son marcas registradas
por Harlequin Books S.A.
® y ™ son marcas registradas por Harlequin Enterprises Limited y
sus filiales, utilizadas con licencia. Las marcas que lleven ® están
registradas en la Oficina Española de Patentes y Marcas y en otros
países.

I.S.B.N.: 978-84-671-6328-5
Depósito legal: B-25725-2008
Editor responsable: Luis Pugni
Preimpresión y fotomecánica: M.T. Color & Diseño, S.L.
C/. Colquide, 6 portal 2 - 3º H. 28230 Las Rozas (Madrid)
Impresión y encuadernación: LITOGRAFÍA ROSÉS, S.A.
C/. Energía, 11. 08850 Gavá (Barcelona)
Fecha impresion para Argentina: 5.1.09
Distribuidor exclusivo para España: LOGISTA
Distribuidor para México: CODIPLYRSA
Distribuidores para Argentina: interior, BERTRAN, S.A.C. Vélez
Sársfield, 1950. Cap. Fed./ Buenos Aires y Gran Buenos Aires,
VACCARO SÁNCHEZ y Cía, S.A.
Distribuidor para Chile: DISTRIBUIDORA ALFA, S.A.

R0415535721

Capítulo 1

S TAVROS Denakis observó a la multitud reunida en la villa y se permitió esbozar una sonrisa de satisfacción.

La fiesta de compromiso estaba resultando perfecta. Tal y como la había planeado.

Hacía una noche magnífica para una celebración. El terciopelo negro del cielo del Egeo estaba plagado de estrellas y corría una suave brisa que atenuaba el calor. Los murmullos y las risas de los invitados se alzaban por encima de la música. Las cajas de botellas de champán se vaciaban tan pronto como llegaban.

Stavros enseguida localizó la silla de ruedas de su padre en el porche de la casa. El hombre sonreía, algo poco habitual en él, mientras charlaba con uno de sus amigotes. Incluso de lejos podía percibirse su renovado vigor.

Sí. Había sido un acierto decidir hacer el anuncio del compromiso aquella noche.

Vio sin la menor emoción cómo Angela bajaba las escaleras del porche, atrayendo todas las miradas, incluso las de toda aquella gente guapa y rica. Era una mujer increíblemente elegante que llevaba con total normalidad el collar de diamantes que él le había regalado. Movía las caderas muy ligeramente, como haciendo una especie de sensual promesa. Para el hombre señalado.

Era la novia perfecta.

Se unió a un grupo de invitados que no eran ni familiares ni amigos. Eran socios de negocios.

Angela comprendía la importancia que tenían aquellos nuevos socios en la expansión comercial de los Denakis. No eran indispensables para Stavros; nadie lo era. Pero sí eran útiles, por lo que merecía la pena dedicarles un poco de tiempo y esfuerzo. Ella ya había conseguido deleitar al grupo con su belleza y su atención.

Angela tenía una mezcla perfecta de inteligencia y atractivo físico, de sensualidad e ingenio, de carácter y obediencia a los deseos de Stavros.

Sería la esposa perfecta para el director general de Denakis Internacional.

—*Kyrie* Denakis.

Oyó la voz del jefe de seguridad que lo llamaba y de inmediato se sintió molesto. Sin duda había habido otro intento de intromisión de la prensa y debía de haber sido algo serio para que Petros lo molestara en medio de la fiesta.

Sus empleados llevaban semanas repeliendo a los paparazzi que trataban de colarse en la celebración de aquella noche. Habían tenido incluso que prohibir que se sobrevolase la isla donde se encontraba la casa para preservar la intimidad.

—¿Hay algún problema?

Una expresión de incomodidad invadió los rasgos de Petros. Stavros se tensó de inmediato, pues no era habitual ver inquieto a su jefe de seguridad, lo que quería decir que algo no iba bien.

—Tenemos un... imprevisto, *kyrie*.

Stavros asintió, instándole a que le dijera algo más.

—Ha venido una joven.

¿Cómo lo habría hecho? ¿Habría escalado el muro que rodeaba la casa? ¿Habría llegado nadando por el océano? Fuera como fuera, el resultado era grave, a juzgar por el gesto de Petros.

—¿Y?

–Exige verlo.

Por un momento, Stavros notó que se le abrían los ojos de par en par sin dar crédito a lo que oía. No podía creer que alguien *exigiera* verlo y menos aún que su gente no hubiera sido capaz de echar de su propiedad a una mujer joven y sola, por muy exigente que fuera. No pudo evitar sentir curiosidad.

–¿Quién es esa joven?

–Se niega a decir su nombre, *kyrie*.

Stavros alzó una ceja.

–Y aun así te incomoda su presencia –pensó en voz alta–. ¿No es de la prensa?

–Dice que no, no lleva ningún distintivo. Tampoco se comporta como una periodista.

Ante eso no protestó, pues sabía que sus hombres eran buenos profesionales que sabían cómo hacer su trabajo.

–¿Pero...? –era evidente que había algo más.

–Dice que tiene que verlo urgentemente, quiere hablar con usted en privado.

Si hiciera un hueco para todos aquéllos que deseaban verlo y hablar con él, Stavros jamás podría estar solo, ni habría tenido tiempo para dirigir la empresa de joyería más exclusiva del mundo.

Durante generaciones, la Casa Denakis se había ganado la reputación de llevar a cabo unas magníficas creaciones artísticas que adquiría la élite internacional. Las piezas de los Denakis lucían en la realeza de diferentes países, si podían permitírselas, y marcaban los niveles de calidad a los que aspiraban otras empresas. Dirigir el negocio no sólo requería dedicación, perspicacia e instinto, también una firmeza implacable.

Controló su impaciencia mientras Petros le acercaba un monitor portátil que le cabía en la palma de la mano. La pantalla mostraba una joven sentada con la espalda muy recta. Estaba de espaldas a la cámara, pero

Stavros pudo ver que era delgada y tenía el cabello negro.

Le llamó la atención su postura. Parecía estar alerta, pero no nerviosa; no proyectaba la menor aprensión, su actitud era más bien digna, casi regia.

Frunció el ceño ante tal seguridad. ¿Quién era aquella mujer que se sentía tan segura de sí misma después de colarse en su propiedad? Algo en ella lo hizo dudar por un momento. ¿La conocía? ¿La había visto antes?

No importaba. Lo que importaba era que no había sido invitada a la fiesta y, por tanto, Stavros no pensaba recibirla.

—Acompáñala a la puerta —dijo devolviéndole el monitor—. Dile que pierde el tiempo.

Pero Petros no se movió. Se aclaró la garganta.

—Hay algo más, *kyrie*. Quizá le interese hablar con ella.

—¿Por qué habría de interesarme?

La incomodidad de Petros era cada vez más evidente.

—Tiene su anillo. Con el sello de la familia.

Stavros se quedó helado. Miró el duro rostro de su jefe de seguridad. Petros llevaba en la familia el tiempo suficiente para conocer el anillo de la familia si lo veía.

Aunque hacía ya cuatro años que había desaparecido.

—¿Lo tienes? —preguntó Stavros extendiendo su mano, pero Petros negó con la cabeza.

—Lo he visto de cerca. Lo lleva colgado del cuello en una cadena y se niega a desprenderse de él hasta no hablar con usted. Podría habérselo quitado, pero me pareció mejor esperar y estar seguro...

Estar seguro de quién era esa mujer.

Stavros volvió a sentir la punzada de la curiosidad con tal intensidad que empezó a inquietarlo.

En su vida no había sorpresas desagradables. Tenía un verdadero ejército que se asegurara de que así fuera. Tanto su vida personal como la profesional seguían un plan ideado cuidadosamente. Cada día se enfrentaba a desafíos, oportunidades y objetivos que cumplir, pero con su determinación, su riqueza y su habilidad para los negocios, el éxito estaba siempre garantizado.

Su anillo.

Respiró hondo, intentando no sentir aquel torbellino de emociones casi enterradas.

Debía recuperar aquel anillo para poder pasárselo a la siguiente generación igual que lo había heredado él y muchos otros ancestros suyos antes que él. Sus antepasados lo habían llevado durante la guerra de Independencia y también cuando habían viajado a Bizancio en busca del favor del emperador.

Aunque había recuerdos más recientes. Recuerdos que Stavros prefería olvidar.

Recuerdos de la única vez de su vida en la que Stavros había fracasado.

—¡Vamos! —dijo alejándose del ruido de la celebración de su compromiso—. Enséñame a esa mujer que afirma tener mi anillo.

Tessa se negaba a rendirse al cansancio que amenazaba con apoderarse de ella ahora que por fin había llegado. Echó los hombros hacia atrás, levantó la barbilla y se dispuso a esperar.

Un poco más y luego todo habría acabado. Después podría descansar.

Examinó la pared blanca que tenía delante, la mesa vacía y la silla. ¿Para qué se utilizaría aquella habitación? Parecía una sala de interrogatorios.

Sintió un escalofrío cuando un repentino recuerdo

apareció en su mente. La imagen de otra habitación pequeña y sin ventanas. No tan limpia, ni tan silenciosa. La pintura de aquellas paredes estaba levantada y bajo ella había podido ver los ladrillos. El suelo estaba lleno de arena y suciedad.

Y el olor. Se le revolvió el estómago con sólo recordarlo.

El olor del miedo y del dolor había empapado aquella habitación.

Devolvió su mente al presente con determinación. Ahora estaba en la otra punta del mundo, literalmente, y aquella habitación ya no existía, hacía mucho tiempo que había sido convertida en escombros.

El problema era que los recuerdos no se destruían tan fácilmente como los edificios.

Tessa respiró hondo y, de manera automática, se llevó la mano al talismán que llevaba colgado al cuello en una cadenita. Resultaba reconfortante sentir su peso entre los pechos. La había acompañado en los momentos difíciles, le había hecho albergar esperanza en momentos de necesidad y desesperación.

Ahora estaba allí para devolverlo. Ya no lo necesitaba.

Había sido una enorme sorpresa descubrir que su verdadero dueño estaba vivo. Se había quedado inmóvil, mirando la revista durante varios minutos, observando el rostro del hombre en el que no había podido dejar de pensar durante los últimos cuatro años. La sala de espera del aeropuerto se había convertido en un borrón a su alrededor porque lo único que había podido ver con claridad habían sido sus rasgos inconfundibles. Aquel aire arrogante que daba cuenta de su poder.

«La pareja de oro: Stavros Denakis y Angela Christophorou. ¿Habrá anillos de boda para dos?». Había dicho el pie de foto.

La imagen había mostrado una sofisticada pareja entrando en un club. Ella era guapísima, elegante como una modelo, con un vestido plateado que se ajustaba a sus curvas y dejaba un generoso y moderno escote. Y con unas joyas de diamantes tan impresionantes como ella misma.

Sin embargo a aquella bella mujer le hacía sombra el hombre que la acompañaba; alto, fuerte y con un rostro que miraba a la cámara con gesto intimidatorio. Un hombre poderoso con un atractivo que no podría pasarle desapercibido a ninguna mujer.

Tessa tragó saliva para intentar deshacer el nudo de emoción que se le había formado en la garganta. Aún recordaba el reconfortante tacto de su mano, el roce de sus labios, fugaz pero ardiente. El modo en que sus ojos se habían oscurecido al mirarla.

No comprendía cómo podía recordar hasta el más leve detalle después de tanto tiempo, recordaba incluso el escalofrío que le había provocado el sentir su mirada sobre sí.

Pero claro, era el hombre que le había salvado la vida.

Cada minuto que habían pasado juntos había quedado grabado en su mente y, durante aquellos años, los había revisitado a menudo y había tomado fuerza del recuerdo de la fuerza de aquel hombre, de la increíble sencillez con la que había aceptado que ella lo necesitaba.

Su recuerdo había sido un talismán aún más potente que la joya que le pertenecía.

El sonido de unos pasos rápidos y decididos interrumpió sus pensamientos y la hizo tensarse, preparándose para verlo.

La puerta se abrió y apareció él. Stavros Denakis.

Tessa abrió los ojos de par en par al verlo. Era más alto y fuerte de lo que recordaba, prácticamente llenaba todo el vano de la puerta. Vio cómo su mano apretaba el picaporte y su pecho se ensanchaba al respirar hondo.

Su rostro podría haber estado esculpido en piedra, en él pudo ver una expresión de sorpresa al verla. Sus ojos se clavaron en ella, la observaron de cintura para arriba, pues era todo lo que podía ver de ella sentada a la mesa.

Tessa sintió como si su mirada pudiera tocarla y alzó bien la barbilla para mirarlo ella también.

Lo reconoció de inmediato y no sólo por su aspecto, sino por cómo todo su cuerpo reaccionaba a él, cómo se le aceleraba el pulso y se le encogía el corazón.

Lo habría reconocido en la oscuridad y con los ojos vendados.

Aquél era el mismo efecto que había provocado en ella la primera vez. ¿Por qué le sorprendía que nada hubiera cambiado?

Dio un paso hacia ella y se detuvo frente a la mesa.

—¿Quién eres? —le preguntó con voz profunda, apenas un susurro, pero con tal fuerza que garantizaba una respuesta.

—Tessa Marlowe —respondió ella a pesar de la sequedad que sentía en la boca.

Él movió la cabeza de un modo que daba a entender que rechazaba tal hecho. Volvió a hacerse el silencio. Entonces él apoyó ambos puños en la mesa y la miró detenidamente. Tessa sintió ganas de esconderse de sus ojos. Respiró hondo para intentar calmarse, pero lo único que consiguió fue sentir su aroma y todo su cuerpo reaccionó de inmediato.

—¿No me recuerdas? —dijo ella con voz tensa.

Sus ojos seguían observándola, pero no parecía haber la menor señal de reconocimiento en ellos.

—¿Quién eres? —insistió.

–Ya te lo he dicho. Soy Tessa Marlowe.

–¡No! –exclamó dando un golpe en la mesa–. Tessa Marlowe murió hace cuatro años.

Había esperado que reaccionara con sorpresa, que se quedara atónito, pero no que se enfadara. La fuerza de su ira le cortó la respiración, pero se esforzó por recobrar la compostura y hablar.

–Te equivocas –le sorprendió oír su propia voz tan tranquila–. Resulté herida y perdí el conocimiento, pero eso es todo.

Él siguió mirándola.

–Demuéstramelo.

Tessa se llevó la mano al cuello y se sacó de debajo de la camiseta el anillo que había conservado y cuidado durante aquellos años. Tardó unos segundos en estirar los dedos para que él pudiera verlo.

Él lo miró fijamente, sin pestañear siquiera. Una corriente de energía fluyó entre ellos.

Después de un largo silencio, Tessa oyó cómo él volvía a tomar aire y supo que por fin la creía.

Stavros miró el anillo que había en la palma de la mano sin dar crédito a lo que veía.

Lo habría reconocido en cualquier parte. El círculo de oro, algo gastado pero aún muy sólido. La pieza central gravada en tiempos inmemoriales con la imagen de un cazador enfrentándose a un león. Había sido diseñado para servir de sello, la marca que identificara a un hombre poderoso.

Ahora era también el símbolo de la Casa Denakis. Una versión algo más estilizada de ese cazador aparecía en las puertas de las tiendas que la empresa tenía en Atenas, París, Londres, Nueva York, Zurich y Tokio.

Estiró el brazo para tocar la superficie del anillo.

Sus dedos rozaron la palma de la mano de aquella mujer y la sintió estremecerse.

Entonces sí que estaba nerviosa. El modo en que lo miraba con la cabeza bien alta daba una imagen de total seguridad en sí misma.

Volvió a mirar el anillo. No había duda de que era el original y no pintaba nada colgado de aquella cadenita barata.

Frunció el ceño. Necesitaba una explicación.

Volvió a agarrar el anillo y esa vez ella apartó la mano. Fingió estar estudiándolo, pero lo cierto era que toda su atención estaba centrada en ella. En el modo en que sus pechos subían y bajaban, en el suave sonido de su respiración, en el aroma a jabón que desprendía su piel y que, por algún motivo, resultaba más evocador que los caros perfumes a los que él estaba acostumbrado.

Dejó caer el anillo y levantó la mirada hasta sus ojos.

Incluso ahora que estaba preparado, volvió a sorprenderle encontrarse con su imagen. Al entrar en la habitación había creído estar viendo un fantasma. Se había quedado paralizado.

Tessa Marlowe había muerto cuatro años atrás en una explosión que se había cobrado una docena de vidas. ¡Tenía una copia de su certificado de defunción! El recuerdo del día en que había muerto nunca lo había abandonado.

Y sin embargo allí estaba. Viva. La idea le provocó un escalofrío.

Por un instante se preguntó a quién habrían identificado por error como Tessa Marlowe después del estallido de la bomba. Porque no tenía la menor duda de que la mujer que tenía delante era Tessa Marlowe. Los pómulos marcados, el cuello elegante y su rostro redondeado. Y aquellos ojos.

Había conocido a otras mujeres de ojos verdes, pero ninguna que los tuviera de aquel color puro de la esmeralda, un color que sólo había visto en las piedras más preciosas. Cualquier coleccionista habría pagado una fortuna por una piedra de aquel color. Era único.

Sin duda era Tessa Marlowe. Era inconfundible.

Pero estaba distinta. Algo en sus ojos hacía pensar que había visto más de lo que le habría gustado. También había cambiado físicamente. Cuatro años antes había sido una mujer delgada, ahora parecía frágil. Sin embargo sus labios seguían siendo carnosos.

Recordaba aquella boca, había soñado con ella durante meses después de conocerla. Era una especie de invitación en medio de su bello rostro.

—¿Qué estás haciendo aquí? —las palabras salieron de su boca como un gruñido.

Vio cómo sus ojos se abrían de par en par.

¿Acaso pensaba que la recibiría con los brazos abiertos después de tanto tiempo? ¿Que aceptaría su aparición sin preguntas ni recriminaciones? No podía ser tan ingenua.

—He venido a devolvértelo. El anillo —mientras hablaba abrió el cierre de la cadena y sacó el anillo.

Se lo tendió con una mano temblorosa.

—¿Y por qué me lo traes ahora? ¿Qué explicación puedes darme?

—Es tuyo —afirmó frunciendo el ceño en un gesto de confusión—. Sé que no querías que yo lo tuviera tanto tiempo. Si hubiera podido devolvértelo antes, lo habría hecho.

En un ataque de ira, Stavros le agarró la mano y la apretó entre sus dedos.

—¿Acaso pretendes que crea que has tardado todo este tiempo en ponerte en contacto conmigo? ¿Cuatro años? —añadió con furia.

Sentía el temblor de su mano, pero no se sintió culpable. Aquella mujer no merecía compasión. Lo había engañado durante años.

Se negaba a admitir y a sentir siquiera la tentación que suponía tener su mano. Controló la reacción traicionera de su cuerpo.

No sabía a qué estaba jugando, pero iba a demostrarle que había encontrado la horma de su zapato. Nadie jugaba con Stavros Denakis.

—No me lo creo —dijo haciendo caso omiso de la expresión de dolor que veía en sus ojos. Se recordó que aquella mujer no era ninguna inocente. Sólo pretendía sacar el mayor provecho posible a la situación, como muchas otras; sólo que ella había encontrado un modo mucho más intrigante de hacerlo.

—Pues es cierto —aseguró ella—. Me llegaron noticias tuyas y vine.

Claro. Se había enterado de quién era y había acudido corriendo de inmediato. Resultaba casi increíble que hubiera tardado tanto tiempo en hacerlo, aunque comprendía que, ahora que sabía su identidad y la magnitud de su fortuna, se hubiera esforzado en localizarlo.

—Siento si he venido en un mal momento. No era mi intención —le tembló el labio inferior, pero sólo un instante. Enseguida volvió a alzar la barbilla y mirarlo fijamente—. Ahora que ya tienes lo que es tuyo, me marcho.

Y sin duda iría directa a la agencia de prensa más cercana a vender su historia.

¡Pero él no iba a permitírselo!

—Me temo que no —murmuró Stavros.

—Es evidente que aquí no soy bienvenida.

—Eso es cierto —admitió él—. Pero ¿crees que soy tan estúpido como para dejar que te marches tranquilamente?

Ella abrió la boca para protestar, pero Stavros se lo impidió bruscamente.

–¡Ya está bien! Deja de fingir tanta inocencia. No vas a salir de aquí hasta que me lo hayas contado todo y hayamos llegado a algún... acuerdo con respecto a nuestra situación.

–¿Un acuerdo? –repitió ella con aparente perplejidad.

Sus dotes dramáticas habían mejorado mucho con los años, pensó Stavros recordando a aquella chica cuyos pensamientos y emociones le habían parecido tan transparentes. Ahora sin embargo era una mentirosa consumada.

–Por supuesto –apretó los dedos en torno a su mano–. ¿No pensarás que habría anunciado mi compromiso a los cuatro vientos si hubiera sabido que mi esposa seguía viva?

Capítulo 2

TESSA soltó de una vez todo el aire que tenía en los pulmones y miró a Stavros, que se levantaba como una torre junto a ella. Sabía que aquel compromiso estaba dentro de las posibilidades y aun así la noticia le había dejado una extraña sensación de vacío en la boca del estómago.

Aquella reacción era absurda. Él no era nada suyo y su vida amorosa no era de su incumbencia.

Y sin embargo había dicho que era su esposa.

La idea era ridícula. Ambos sabían que ella nunca había sido su esposa.

Tessa se estremeció al ver la falsa sonrisa que él le dedicaba, una sonrisa gélida con un destello casi salvaje que hizo que deseara estar en cualquier otro lugar que no fuera aquél.

Lo miró a la cara y por un momento sintió miedo.

Pero enseguida lo analizó con lógica. Quizá estuviese furioso con ella, pero Stavros Denakis era un hombre civilizado. El modo en que se había comportado en el pasado así lo demostraba.

Se preguntó si sabría la fuerza con la que le tenía agarrada la mano.

–Me haces daño –dijo ella en voz baja sin apartar la mirada de sus ojos.

Él parpadeó y la soltó. La sangre volvió a circular por su mano.

El anillo cayó sobre la mesa. Ambos tenían la marca impresa en la palma de la mano. Tessa retiró la suya y se la frotó para hacer desaparecer los pinchazos que notaba.

—Lo siento —respondió él sin la menor expresión.

Pero Tessa estaba ya dándole vueltas a la cabeza, intentando procesar la información que él le había dado.

—¿Vas a casarte?

—Tiene gracia, ¿verdad? —aunque en su voz no había el más mínimo sentido del humor—. Me encuentro en la extraña situación de tener prometida y esposa.

Tessa cerró los ojos para intentar controlar un repentino mareo. ¿De qué demonios estaba hablando? No tenía sentido.

—No... no sé qué decir.

—¿No? Me sorprendes —su voz resultaba provocadora—. Pensé que lo tenías todo preparado. ¿Has decidido cuántos dólares quieres? ¿O prefieres euros?

—¿Euros? No sé de qué estás hablando —meneó la cabeza y toda la habitación comenzó a dar vueltas a su alrededor.

No comprendía el significado de aquellas palabras, pero era evidente que tenían un claro propósito. Parecía estar acusándola. Se sentía demasiado confusa como para analizarlo.

Debería haber parado a descansar un poco en Atenas antes de ir a buscarlo. Debería haberse tomado un tiempo para dormir y comer algo. Había volado desde Sudamérica a Estados Unidos y desde allí a Grecia. En el caos de Atenas había ido en transporte público hasta el puerto de Piraeus, donde había tomado el ferry que la había llevado hasta aquella isla del golfo de Saronic... Había sido un viaje interminable que la había dejado completamente exhausta.

La sorpresa de descubrir que estaba vivo y la incertidumbre había impedido que se diera cuenta de lo cansada que estaba o que pudiera dormir un poco durante las largas horas de vuelo. Ahora sin embargo, el cansancio parecía estar haciendo mella.

Se agarró a la mesa con ambas manos en un intento por controlar aquel extraño mareo.

No estaba en condiciones de enfrentarse a su ira. No reconocía a aquel hombre que en nada se parecía al recuerdo que guardaba de él. ¿Acaso lo había idealizado?

Quizá debería haber obedecido a la vocecilla cobarde que la instaba a olvidarse de todo lo sucedido y volver a casa, a Australia. Quizá debería haber dejado el pasado enterrado para siempre.

–¡Ya está bien! –dio otro golpe en la mesa que la hizo sobresaltarse–. No tengo tiempo para juegos. Es evidente a qué has venido, así que será mejor que no nos andemos con rodeos.

Su mirada era letal. Intentaba intimidarla y estaba haciéndolo muy bien.

Tessa echó la silla para atrás y se puso en pie apoyándose en la mesa. De otro modo no lo habría conseguido, pues le temblaban las rodillas.

–¿Dónde crees que vas? No vas a marcharte hasta que haya acabado contigo.

¿Y cuándo sería eso? Su furia parecía infinita.

–Sólo pretendo situarme a tu misma altura –respondió ella con aparente calma. Sabía por amarga experiencia que siempre era menos peligroso responder a la hostilidad con tranquilidad.

La ira de su mirada no disminuyó, pero al menos dio un paso atrás que hizo que el impacto de su furia resultara algo más soportable. Tessa respiró con cierta normalidad.

–¿Cuánto quieres? –preguntó él.

–¿Cuánto qué?

–*Sto Diavolo!* –alzó la mirada hacia el techo–. No tengo paciencia para aguantar este jueguecito tuyo.

¿Es que no puedes responder directamente a una pregunta tan sencilla?

—Lo haría si comprendiese la pregunta —levantó la mano al ver que él iba a decir algo—. Pero quizá te tranquilice si te digo que no he venido aquí a pedirte nada. Sólo quería devolverte el anillo.

Bajó la mirada a la mesa, sobre la que seguía aquella joya. Parpadeó varias veces. Era absurdo ponerse sentimental por un simple anillo. Ya no necesitaba ningún tipo de amuleto que le diera suerte.

Alzó la mirada hacia él.

—Hay una cosa más —dijo ella con repentino cansancio.

—Por supuesto —había desprecio en su rostro y en la sonrisa que curvó sus labios al hablar.

Tessa meneó la cabeza e inmediatamente deseó no haberlo hecho al sentir que se le nublaba la vista.

—He venido a darte las gracias —dijo, y le tendió una mano.

Él la miró como si nunca antes le hubiera estrechado la mano a nadie.

—Si no hubiera sido por ti —siguió diciendo Tessa—, estaría muerta. Tú me salvaste la vida —esbozó una tenue sonrisa—. Nunca llegué a darte las gracias por ello, pero quería que supieras que no lo he olvidado. Te debo tanto.

—¿Qué tontería es ésa? —frunció el ceño, haciendo caso omiso a su mano.

Tessa dejó caer el brazo con profunda decepción. La energía que la había mantenido en movimiento todos aquellos días parecía haberla abandonado de pronto y ahora se sentía sin fuerzas, incapaz de seguir en pie. Debería haberse sentado, pero la intensidad de su mirada se lo impedía.

—¿Cómo tienes el valor de presentarte aquí y soltarme eso? ¿Me tomas por tonto? —se irguió bien, alcanzando una altura formidable–. Me temo que no soy tan ingenuo. Hace falta algo más que una cara bonita para convencerme.

Tessa sintió que se le tensaban los músculos del abdomen como si acabaran de recibir un golpe, tal era la fuerza de su hostilidad. No quería aceptar su gratitud. ¿Qué clase de hombre mostraba tal falta de compasión, de confianza e incluso de cortesía?

–Entonces será mejor que me vaya.

Él miró la mochila que Tessa había dejado en un rincón de la habitación y después volvió a mirarla a ella.

–He dicho que no vas a marcharte hasta que hayamos solucionado todo esto –la miró con los ojos muy abiertos y llenos de desprecio.

–Y yo ya te he dicho todo lo que quería decirte –replicó ella apretando los dientes–. Por lo que a mí respecta, ya hemos hablado todo lo que teníamos que hablar. Tú ya tienes tu anillo y yo me voy.

–¿Directa a las garras de los paparazzi? De eso nada.

¿Para qué iba a querer ella hablar con la prensa? Tenía muchas otras cosas que la preocupaban en aquel momento, como por ejemplo encontrar un lugar en el que pasar la noche. Al menos esperaba tener dinero suficiente para pagarse una habitación. Al comenzar su viaje en Sudamérica no había tenido intención de acabar en Grecia.

Sólo había sido un estúpido impulso.

–No tengo intención de hablar con ningún periodista –aseguró ella–. Así que ya puedes tranquilizarte y dejar que me vaya.

Él negó con la cabeza y la miró de un modo que le puso el vello de punta.

–No tienes derecho a retenerme aquí.

Él esbozó una siniestra sonrisa que le provocó un escalofrío.

–¿Qué hay de mis derechos como esposo? –murmuró–. Un marido que lleva tanto tiempo privado de la presencia de su bella esposa.

Dio un paso hacia ella, hasta que su cuerpo la rozó y Tessa pudo sentir el calor que manaba de él. Pero fue su mirada lo que le cortó la respiración.

–Ya comprobarás que en Grecia nos tomamos las responsabilidades y los derechos maritales muy en serio.

En sus ojos había un brillo ardiente al que el cuerpo de Tessa reaccionó con un estremecimiento que la asustó profundamente.

–Entonces espero que tu prometida sepa en lo que se está metiendo –alzó la cabeza y lo miró a los ojos con la misma furia que encontró en ellos, pero no albergaba la esperanza de estar a su altura. Aquel hombre tenía la confianza de un dios.

–¡Ya está bien! Esto no nos lleva a ninguna parte.

–Estoy completamente de acuerdo –se alejó de él y fue hacia su equipaje.

Entonces sucedieron dos cosas al mismo tiempo: una mano la agarró del brazo y sus piernas dejaron de sostenerla. Oyó una ráfaga de improperios incomprensibles al tiempo que la habitación aparecía borrosa y sólo podía ver sus oscuros ojos clavados en ella.

Trató de mantenerse en pie, pero sus brazos ya la rodeaban y la apretaban contra su pecho. Aquellos fuertes brazos la sostenían y sus ojos... Tessa tuvo la sensación de estar entrando en su alma, de poder ver el poder de su interior.

Pero había algo más, algo inquietante y tentador.

La sangre le latía en las sienes, el corazón le golpeaba en el pecho como si tratara de escapar. La boca se le quedó seca y de pronto el mundo entero se redujo a ellos dos. Estaban tan cerca el uno del otro...

–No es necesario –le sorprendió oír su propia voz–. Puedo mantenerme en pie.

Pero fue como si no hubiera hablado.

–¿Cuánto tiempo llevas sin comer? –una mano enorme se extendió sobre sus costillas, justo debajo de su pecho.

–Comí algo en el avión –un café y unas galletas resecas. Volar la ponía muy nerviosa y le había resultado imposible comer nada más.

Miró a su rostro dorado, a sus ojos furiosos y sintió una presión en el pecho, como si alguien estuviera estrujándole el corazón.

–*Christos!* ¿Qué pretendías? ¿Hacer tu gran aparición y luego desmayarte para ganarte mi compasión?

Tessa se revolvió en sus brazos, intentando deshacerse de ellos, pero él no parecía dispuesto a soltarla. Sintió una profunda ira. No tenía motivo alguno para tratarla de ese modo. Sólo había intentado hacer lo que debía, ¡y para ello había recorrido un largo camino!

¡Vaya con la hospitalidad griega de la que tanto había oído hablar!

–No tengo ningún interés en ganarme tu compasión, Denakis –espetó con rabia y desilusión–. No sé qué te ocurre. Tú y yo no tenemos ningún tipo de relación, ni la hemos tenido nunca. Y no tengo interés alguno en hablar con la prensa –añadió al ver que él abría la boca para decir algo, pero enseguida sintió que volvía a quedarse sin energía–. Ahora te agradecería mucho que me soltaras.

Por un momento vio cierta perplejidad en sus ojos, pero la arrogancia la borró rápidamente.

–Magnífica interpretación. Sencillamente increíble. Pero tú y yo sabemos que no ha sido más que una farsa. Estamos unidos el uno al otro hasta que yo decida cuál es el mejor modo de romper tal vínculo.

Entonces se dio media vuelta hacia la puerta sin soltarla y Tessa sintió que todo se nublaba.

—Ya seguiremos hablando en otro momento. Ahora mismo no quiero continuar con esta conversación.

Tessa lo miró sin comprender. Era como ver al hombre al que había conocido a través de un velo de crueldad que lo hacía prácticamente irreconocible. ¿Tendría un hermano gemelo y malévolo?

No, aquél era el mismo hombre. Sólo había que ver el modo en que se le aceleraba el corazón con sólo estar junto a él, o el deseo que empapaba su ira. Era atroz pero cierto. Tessa nunca había reaccionado de ese modo ante ningún otro hombre. Y ahora descubría que el único ser capaz de hacer que se sintiera tan viva era un bruto cruel y egocéntrico.

Qué suerte tenía.

—¿Todo esto te resulta cómico? —le preguntó con voz profunda al ver que ella esbozaba una sonrisa—. Créeme, no le verás ninguna gracia cuando haya acabado contigo.

—¡No! —exclamó ella, pero después respiró hondo y trató de hablar con calma—. No me resulta nada cómico que me maltraten de este modo.

—¿Acaso pretendes amenazarme? ¿Es un aviso de una posible demanda?

La violencia de su voz la hizo estremecer y supo que no dudaría en utilizar su fuerza para detenerla.

—No tengo ningún interés en demandarte, pero eso no significa que puedas pisotearme —respiró hondo antes de continuar—. Ahora te agradecería que me soltaras.

Durante un largo rato, la miró con la arrogancia de un príncipe que mirara a su lacayo. Tessa sintió que le ardían las mejillas.

Entonces sus labios se curvaron en una sonrisa apenas imperceptible que desapareció de inmediato.

–Ya verás que es más fácil hacer las cosas como yo deseo.

Y diciendo eso, la levantó en sus brazos y se la llevó por un largo pasillo que los condujo al exterior. A lo lejos se oía música. Parecía una fiesta y, a juzgar por la intensidad de las voces, no era una pequeña reunión familiar. Quizá eso explicara la tensión de su rostro cuando había acudido a su encuentro.

Pero no había excusa para su comportamiento.

Tessa parpadeó para no echarse a llorar al darse cuenta de que el hombre que durante años había tenido en un pedestal era uno de esos seres arrogantes y despiadados que ella tanto detestaba.

¿Cómo había podido cometer tal error?

Pero ¿qué importaba ya? Después de aquella noche no volvería a verlo nunca más.

El paseo por el jardín acabó en otro edificio y en otro pasillo. Las habitaciones por las que pasaron nada tenían que ver con aquélla en la que habían estado antes. Había flores, muebles lujosos y cómodos y obras de arte. Aquél era el hogar de un hombre muy rico.

Lo que había leído en aquella revista era cierto. Stavros Denakis tenía más dinero de lo que ella jamás alcanzaría siquiera a soñar. Pertenecían a mundos completamente distintos.

Siempre había sabido que no era como los demás. El poder de decisión y la seguridad en sí mismo que había mostrado en unas circunstancias tan difíciles... algo que había agradecido tanto el día que la había salvado. Pero ahora por fin comprendía que aquéllas eran las características de un hombre acostumbrado a mandar, a controlarlo todo. Un hombre de una posición que ella desconocía por completo, un hombre con el dinero suficiente para conseguir cualquier cosa que desease.

Tal descubrimiento destruía por completo sus sueños, la imagen romántica de un hombre que la había salvado de la muerte y de la tortura.

Durante cuatro largos años había fantaseado con que un hombre como él la encontrara y la salvara, pero esa vez no lo haría por necesidad sino por deseo y amor por ella.

El sueño imposible de ser amada por lo que era. Era increíble que siguiera sintiendo de ese modo después de todo lo que había sufrido.

Stavros entró en la sala de estar de una de las habitaciones de invitados, la que estaba más cerca de sus aposentos. Tendría vigilada a aquella mujer hasta que hubiese encontrado una solución al enorme problema que le había ocasionado.

Ahora permanecía inmóvil en sus brazos, había dejado de luchar. Lo cierto era que se había alegrado de sentir su energía porque tenía un aspecto tan frágil, que le había aliviado comprobar que no estaba a las puertas de la muerte.

La situación ya era lo bastante complicada. La extraña conexión que sentía con Tessa Marlowe cada vez que la miraba le daba idea del peligro, un peligro más básico y primitivo que había percibido al darse cuenta de cómo su cuerpo encajaba entre sus brazos.

Pero se negaba a sentir cualquier tipo de atracción hacia aquella vulgar oportunista.

El placer que había sentido al apretarla contra sí era sólo una ilusión, el resultado de la sorpresa de volver a verla. Nada más que eso.

La dejó en el sofá tan rápido como pudo, pues sabía que necesitaba alejarse de ella.

Pero su ropa había quedado impregnada de su aroma. «¡Maldita sea!».

Se apartó de ella con rabia y pidió por teléfono que le llevaran ouzo, un café y algo de comer. Tenía que volver a su fiesta de compromiso. No tenía tiempo que perder con aquella mujer.

¿Cómo se atrevía a ponerlo en semejante situación?

Al volverse de nuevo hacia ella comprobó que estaba llorando en silencio.

Parecía muy alterada.

Sintió un ápice de culpa que enseguida acalló recordándose que era una magnífica actriz.

Pero de pronto recordó la primera vez que la había visto. También entonces había habido lágrimas en sus ojos, lágrimas de miedo y de desesperación que ella había secado al verlo. Se había puesto en pie con gesto defensivo mientras a lo lejos se habían seguido oyendo disparos. Aquella reacción le había dado a entender el modo en que la habían tratado.

Había estado desesperada, pero dispuesta a luchar.

Y él había reaccionado de inmediato. No sólo por la necesidad de sacarla de aquella terrible celda, sino también como respuesta a su hermoso rostro, a su cuerpo tentador.

¡No! ¡Se negaba a recordar!

Ya no importaba lo que hubiera sucedido cuatro años atrás. Ahora estaba allí para sangrarlo. Pero él no era ningún tonto y no iba a caer en sus redes. Lo había subestimado si había creído que podría engañarlo con unas lagrimitas.

–Te escucho –le dijo con una especie de gruñido–. Dime de una vez cuánto quieres.

Tessa parpadeó varias veces para secarse unas lágrimas que se negaba a derramar. Lo último que deseaba era mostrar ningún tipo de debilidad delante de aquel hombre.

–No quiero nada –apartó la mirada de él, incapaz de enfrentarse a sus ojos.

–Se me está acabando la paciencia –espetó él–. No vas a obtener más retrasando el momento. De hecho, cuanto más me hagas esperar, más se reducirá la cantidad.

Tessa frunció el ceño.

–No comprendo.

Oyó una maldición en griego justo antes de sentir sus manos agarrándola por los brazos y obligándola a mirarlo.

Estaba furioso y era peligroso.

También era el hombre más sexy que había visto jamás.

Sintió un nudo de pánico en la garganta.

–Dímelo ya –le dijo en tono amenazante–. ¿Cuánto va a costarme liberarme de ti?

–Yo... nada –susurró mientras se preguntaba de pronto si realmente sería capaz de hacerle daño.

–Pagaré una cantidad razonable para comprar tu silencio y pediré la nulidad o el divorcio, lo que sea más rápido.

Tessa abrió los ojos de par en par. No comprendía sus palabras. ¡Era una locura!

–¡Pero si nunca hemos estado casados!

–*Sto Diavolo!* Claro que estamos casados. ¿Por qué si no tienes mi anillo? ¿Y por qué si no has venido, a pedirme dinero?

Tessa meneó la cabeza y todo giró a su alrededor.

–Pero el hombre que celebró la ceremonia era un impostor. Todo aquello no fue más que una farsa para que yo pudiera escapar.

Él la miró fijamente y Tessa creyó ver un ápice de duda en sus ojos.

–No era cura, pero tenía la capacidad legal de casarnos –dijo con palabras claras, irrefutables–. Todo fue perfectamente legal, incluso los testigos que dieron fe de ello.

Tessa abrió la boca para tomar aire, para protestar. Pero él siguió hablando.

—El matrimonio fue totalmente legítimo —dijo Stavros Denakis, y después esbozó una gélida sonrisa—. Somos marido y mujer.

Capítulo 3

EL PULSO acelerado de Tessa retumbaba en el silencio de la habitación.

—No estás bromeando, ¿verdad? —susurró cuando por fin encontró fuerzas para hablar.

El modo en que Stavros enarcó una ceja delató su menosprecio.

—Yo no bromeo con esas cosas —dijo sentándose en el sofá de cuero y cruzando los brazos sobre el pecho. Su postura irradiaba escepticismo e impaciencia.

Ella seguía sintiendo que la piel le ardía donde habían estado sus dedos.

—¿Estás seguro? —preguntó con desesperación—. ¿Completamente seguro? —después de todo, aquel día había sido un gran caos.

—Es increíble que seas capaz de fingir tal sorpresa —murmuró él—. Pero ya no hace falta que sigas. ¿De verdad crees que podría equivocarme en algo así? —hizo una pausa para observarla detenidamente—. Tengo el certificado de matrimonio que lo demuestra, firmado por los novios y por los testigos.

Tessa se derrumbó sobre el respaldo del sofá.

¿Estaba casada? ¿Llevaba casada cuatro años?

Se llevó la mano al pecho, donde sentía tal presión que le dolía. ¿Estaba casada con él?

—Pero ¿por qué utilizaste un juez de paz? No tenía por qué ser una verdadera boda, sólo era una manera de...

–¿De sacarte de prisión? –terminó de decir él con desdén.

Pero Tessa se negaba a dejarse intimidar. Si aquella locura era cierta, la culpa era de él.

–Habría valido cualquier desconocido que fingiera casarnos. ¡No era necesario que te casaras conmigo de verdad!

–Créeme –se inclinó hacia ella. La ira con que la miraba la impulsó a tratar de retirarse–, si hubiera habido otra alternativa, habría hecho cualquier otra cosa.

Sus ojos la mantenían inmóvil hasta el punto de que apenas podía respirar.

–Quizá no te dieras cuenta –siguió diciendo–, pero en aquel pequeño pueblo no había demasiados desconocidos dispuestos a cometer perjurio para sacar a una extranjera de la cárcel. Disponíamos de poco tiempo y yo ya había tenido suficientes problemas para convencer a tus carceleros de que me dejaran verte y más para que nos dejaran celebrar una boda allí.

La cabeza le daba vueltas y tuvo que cerrar los ojos. Aquello era una pesadilla. Lamentaba profundamente haberse dejado llevar por el impulso de volver a ver al hombre que durante años había pensado que había dado la vida por salvarla.

–No había más alternativa que casarnos de verdad –su voz era como terciopelo áspero contra sus alterados nervios–. Y tú lo sabías perfectamente.

Tessa abrió los ojos de golpe. Ya estaban otra vez con eso. ¿Qué lo habría vuelto tan increíblemente desconfiado?

–Yo no sabía nada de eso... hasta hace unos segundos.

Vio la incredulidad reflejada en su rostro. Jamás podría convencerlo porque estaba empeñando en que, por algún motivo, ella le había tendido una trampa. Si la idea no fuera tan descabellada y frustrante, Tessa se habría echado a reír. ¡Ella tratando de atrapar a un hombre rico y arrogante! ¡Ja!

–¿Por qué no me dijiste algo en su momento?

–¿Qué? –él meneó la cabeza–. ¿Querías que me disculpase delante de los guardias de la cárcel de que nuestros apresurados planes hubieran cambiado? ¿Querías que te dijera que no nos quedaba más remedio que casarnos de verdad y que ya nos encargaríamos más tarde de anular el matrimonio? –preguntó enarcando ambas cejas con gesto burlón.

Ella volvió a cerrar los ojos para aplacar lo que sentía cada vez que lo miraba. Necesitaba estar sola unos segundos y recuperar el aliento, así conseguiría encontrar una solución. Ella era una superviviente, llevaba años luchando por mantenerse con vida. Un magnate griego con un ego inconmensurable no era nada comparado con todo lo que había tenido que soportar.

Apretó los puños intentando reunir fuerzas, pero estaba agotada.

–Ten, bébete esto.

Al abrir los ojos lo encontró inclinado sobre ella, mirándola con gesto acusador.

–No, gracias –trató de rechazar el vaso que él le daba, pero antes de poder hacerlo sintió el líquido en los labios.

Parpadeó y lo miró a los ojos. Era implacable, tanto como la mano que volvió a obligarla a dar otro sorbo. Sintió cómo el líquido le bajaba por el cuerpo dejando un rastro de fuego.

–No quiero más –aseguró–. ¿Qué es?

–Ouzo. Hay que acostumbrarse al sabor. Es fuerte, pero muy efectivo.

Tessa no creía que pudiera acostumbrarse nunca a aquel sabor, pero Stavros tenía razón, se le había quitado el mareo y ahora sentía una deliciosa calidez que le había relajado los músculos.

Él se apartó de ella bruscamente y Tessa estuvo a punto de suspirar de alivio. No podía pensar cuando lo tenía tan cerca.

—Come algo –le acercó un plato.

Tessa ni siquiera se había dado cuenta de que hubiera entrado alguien. ¿Sería posible que aquellos canapés fueran de caviar? Había también gambas y otras exquisiteces que le hicieron la boca agua.

—Come —insistió él al tiempo que se dirigía a la puerta–. Tengo cosas que hacer, pero seguro de que sabrás ponerte cómoda en mi ausencia —dijo con inconfundible sarcasmo–. Que no se te pase por la cabeza salir de esta habitación. Habrá un guarda en la puerta.

El tono de sus palabras era tan firme que Tessa sintió un escalofrío. Parecía tan furioso que seguramente agradecería tener un motivo para no tener que seguir controlándose.

Ni siquiera se volvió a mirarla antes de salir. La puerta se cerró tras él y Tessa volvió a dejarse derrumbar sobre el sofá.

¿Dónde pensaba que iba a ir? ¿Acaso creía que iba a pasearse por la casa? Sólo quería recuperar su mochila, su pasaporte y su dinero y marcharse de allí, pero sabía que no serviría de nada. Antes tenían que encontrar la manera de anular su matrimonio.

Tessa miró por la ventana que daba al jardín y, más allá, al mar oscuro y al cielo completamente despejado de nubes. Resultaba irónico que todo pareciera estar en calma cuando ella sentía los nervios a flor de piel por culpa del recuerdo del enfrentamiento de la noche anterior.

¿Qué derecho tenía aquel hombre a tratarla así, como si ella tuviera la culpa de todo? ¿Como si ella hubiera planeado ponerlo en aquel aprieto cuando lo único que había pretendido había sido hacer lo que debía?

Cerró los ojos con fuerzas, furiosa por su propia ingenuidad, por ese impulso que la había llevado a cambiar su billete a Sydney y viajar a Grecia. Como si al poderoso Stavros Denakis fuera a interesarle su gratitud después de tanto tiempo.

Respiró hondo. No podía creer que otra vez estuviera al borde del llanto. La noche anterior había sido la primera vez en muchos años que había estado a punto de llorar, las lágrimas habían amenazado con desbordarse de sus ojos igual que lo hacían ahora. Después de todo lo que había pasado, era inexplicable que se mostrara tan débil.

Todo le parecía absurdo, partiendo de ese momento en el que había creído ver una señal del destino cuando, al abrir una revista en la sala de espera del aeropuerto, se había encontrado con el rostro del hombre al que no había conseguido olvidar en cuatro largos años. El hombre que había despertado sus sueños y esperanzas en medio del sufrimiento y la pobreza. El hombre que no la había dejado caer en la tentación de rendirse y dejar de luchar.

No era ninguna muchachita inocente. Cualquiera habría pensado que después de años de privaciones y apuros habría acabado por darse cuenta de que no servía de nada soñar. Pero había sido incapaz de controlar las fantasías que provocaba su recuerdo, aquellas imágenes habían sido su único consuelo, la imagen de un hombre de brazos fuertes que acudía en su ayuda... sueños que habían despertado en ella un ardor que la había calentado hasta en las noches más frías.

Pero ahora sabía que el verdadero Stavros Denakis nunca más volvería a protegerla de ese modo. No después de lo ocurrido la noche anterior. Debía de estar muy enamorado de su prometida para pensar que Tessa podía suponer algún tipo de amenaza para su unión.

Volvió a respirar hondo y apartó de su mente aquella terrible sensación de autocompasión que no le serviría de nada.

Había pasado la mañana durmiendo profundamente hasta la llegada de un médico que la había examinado a petición de su anfitrión. ¡Como si a Stavros Denakis le importara que estuviera enferma! Seguramente sólo había querido asegurarse de que no hubiera llevado ninguna enfermedad contagiosa a su casa. Su primer instinto había sido resistirse a ser examinada, pero el médico había sido muy persuasivo y lo cierto era que había sido un alivio que se despejaran sus miedos y saber que estaba bien. Sólo necesitaba descansar para recuperar las fuerzas.

Había pasado ya la mayor parte de la tarde y empezaba a pensar que lo que debía hacer era llamar a la embajada australiana en Atenas para pedir que la ayudaran a volver a Sydney. Allí tampoco había nadie esperándola, pero al menos estaría en casa, donde llevaba años queriendo regresar. Volvería a tener acceso a su cuenta bancaria y podría empezar a rehacer su vida mientras se tramitaba el divorcio.

Se apartó de la ventana para buscar un teléfono, pero se detuvo en seco al ver los ojos grises de Stavros Denakis.

Sintió una presión en el pecho al encontrarse con su mirada, pero hizo un esfuerzo por alzar bien la cabeza y no dejarse intimidar por su presencia. Sin embargo no pudo evitar sentir un escalofrío al darse cuenta de que había entrado sin hacerse oír. Se movía sigilosamente como un depredador. Su mirada hacía que se sintiera vulnerable.

En su rostro había una expresión indescifrable y eso le resultaba aún más preocupante que la ira que había mostrado hacia ella la noche anterior. Sabía cómo hacer frente a su furia, pero ahora no sabía qué le rondaba la cabeza.

Desde luego no era tan tonta como para creer que se había dado cuenta de que había sido injusto con ella y había aceptado que todo lo que le había dicho era cierto. No, había una quietud en su mirada que le decía que simplemente estaba esperando a lanzarse sobre la presa.

Pero lo peor de todo era que su evidente desconfianza no bastaba para acallar la excitación que sentía con sólo verlo.

Era algo que no había experimentado nada más que con ese hombre; una emoción y un deseo que la aterraban.

Stavros vio cómo Tessa abría los ojos de par en par y se le dilataban las pupilas. Aun en la distancia podía sentir su miedo, aunque siguió mirándolo con la espalda erguida y gesto desafiante.

Bien. Merecía estar preocupada por lo que él fuera a hacer a continuación. Stavros había sentido la tentación de llamar a la policía. Podría acusarla al menos de allanamiento de morada y seguramente de algo más, ¿quizá de amenazas e intento de chantaje? Pero por mucho que deseara librarse de la inquietante presencia de Tessa Marlowe, no podía dejarla marchar porque, si la detenían, cabía la posibilidad de que su historia llegara a oídos de la prensa.

No. Tessa Marlowe tendría que quedarse allí donde él pudiera vigilarla.

Trató de relajar un poco los hombros cuya tensión le estaba costando controlar desde la noche anterior.

Cada vez que alguien se había acercado a felicitarlo por su compromiso o por el éxito de la fiesta, Stavros se había sentido un fraude por primera vez en su vida. Estaba mintiendo a su familia, a sus amigos y a la mujer que había decidido tomar por esposa.

No le gustaba nada sentirse así. No estaba acostumbrado a encontrarse en una situación que no podía controlar. Él, que se preciaba de conducir su vida cuidadosamente, estaba a un paso de la bigamia. ¡Era inconcebible!

—¿Qué quieres? —la dureza de su voz demostraba que no estaba tan tranquila como quería aparentar.

Stavros se adentró en la habitación haciendo caso omiso del calor que sentía corriéndole por las venas cuando se acercaba a ella. Un insulto más a su orgullo y a su inteligencia. El hecho de que, aun sabiendo que era una aprovechada y una oportunista, siguiera deseándola de ese modo resultaba profundamente frustrante. Requería un verdadero esfuerzo luchar contra el impulso de estrecharla en sus brazos, sentir su piel suave y perderse en su interior.

¡Él, un hombre de honor que acababa de prometerse en matrimonio con otra mujer!

No importaba que hubiera elegido a su prometida por sus impecables credenciales como futura esposa y madre de sus hijos. No importaba que no sintiera nada por ella, o que aún no hubieran consumado su relación. Le había jurado fidelidad y eso sí importaba.

Había pasado la noche entera dándole vueltas a la terrible realidad de que era Tessa Marlowe la que le aceleraba el corazón y no su prometida. Pero no iba a darle el placer de notárselo.

—He venido a ver si necesitabas algo.

Ella enarcó las cejas con una altanería propia de una reina, pero ambos sabían que no era más que un farol. Él podría hacerla sucumbir si así lo deseara, era el poder del dinero y Stavros tenía el suficiente para conseguir cualquier cosa. Sería mejor que ella lo recordase.

—¿Qué podría necesitar teniendo un anfitrión tan... generoso?

Muy a su pesar, Stavros se dio cuenta de que se le curvaban los labios ante tal valentía. A pesar de la preocupación del médico, era evidente que tenía fuerzas suficientes para pelear.

Había creído que la encontraría languideciendo, física y mentalmente agotada, pues el doctor le había dicho que estaba al borde de la malnutrición y aquejada de giardia por haber bebido agua contaminada.

Pero al verla se dio cuenta de que el médico se había dejado llevar por los síntomas y había sido engañado por una magnífica actriz que sin duda se había matado de hambre en las últimas semanas con la esperanza de que eso la ayudara a hacerse con varios millones de dólares. Stavros sabía por experiencia que existían mujeres con tan pocos escrúpulos como para ser capaces de algo así. Hacía ya mucho tiempo que no se dejaba engañar por una triste historia ni por la aparente debilidad de una mujer.

—No te pongas demasiado cómoda —le dijo bruscamente—. Te marcharás en cuanto hayamos encontrado una solución al problema.

—La solución es muy sencilla —Tessa había llegado a tal conclusión en el tiempo que llevaba allí—. Sólo tenemos que pedir la anulación matrimonial y estoy segura de que hay motivos legales para hacerlo.

—¿Motivos como que el matrimonio no ha sido consumado?

Tessa sintió un escalofrío al verlo acercarse con la mirada clavada en ella. Pero sus ojos grises ya no parecían tan fríos; en su expresión había más fuego que hielo y algo más que hizo que se le acelerara el pulso.

Dio un paso atrás, pero no tenía lugar al que escapar y se quedó con la espalda pegada a la ventana. Aún estaba a más de un metro de ella, pero su mirada hizo que se sintiera acorralada y vulnerable.

—Es una opción —respondió Tessa esforzándose por mirarlo frente a frente.

—El problema es que eso podría ser difícil de demostrar. ¿Qué evidencia podríamos presentar? —añadió enarcando una ceja.

—Estoy segura de que aceptarán nuestra palabra. Después de todo, sólo estuvimos juntos un par de horas...

—Tiempo más que suficiente para consumar un matrimonio —replicó sin apartar la mirada de ella y bajando la voz.

Había algo peligroso en sus ojos, algo salvaje.

—¿Acaso dudas de mi virilidad? —le preguntó.

Tessa puso las manos en la ventana en busca de apoyo, pues aunque él no se había acercado, cada vez se sentía más acorralada.

—¡No digas tonterías! Yo...

Entonces sí se acercó. En un solo paso eliminó el espacio que los separaba y se quedó a sólo unos centímetros de ella.

Tessa sintió el aroma masculino de su piel. Todo su cuerpo reaccionó de manera automática, era como si de pronto hubiera vuelto a la vida. Sintió cómo se le endurecían los pezones y le ardía la piel.

—¿Quizá quieras que te lo demuestre? —sus palabras estaban cargadas de sarcasmo y provocación.

Tessa negó con la cabeza rápidamente, horrorizada ante la rapidez con la que se había descontrolado la conversación.

–¡No! –exclamó casi sin darse cuenta.

Respiró hondo tratando de no sentir el roce de su pecho. ¡Estaba jugando con ella deliberadamente! Trataba de ver hasta dónde podía aguantar.

–Ya está bien –intentó parecer tranquila, pues sabía que era la mejor manera de acabar con aquel tormento–. No estaba cuestionando tu masculinidad, sólo trataba de explicar que las circunstancias en las que se celebró la... boda bastarían para demostrar que no fue más que un matrimonio de conveniencia.

La explicación sonaba razonable, quizá algo desesperada.

Él la observó como si pudiera descubrir todos y cada unos de sus secretos con sólo mirarla a la cara.

–¿Entonces crees que las circunstancias demuestran que no hubo sexo entre nosotros?

Tessa abrió los ojos de par en par.

–Desde luego cualquiera se daría cuenta de que no era el momento ni el lugar propicios. ¡Acababa de estallar una guerra civil!

–Sin embargo está demostrado que en momentos de extremo peligro los seres humanos encuentran consuelo en el acto sexual.

¿Estaba inclinándose hacia ella? ¿O era ella la que se inclinaba hacia él?

–¡Pero si ni siquiera nos conocíamos! –cualquiera con un poco de sentido común se habría dado cuenta de que su boda no había sido más que una formalidad.

–Interesante –dijo muy despacio–. ¿Quiere eso decir que crees que dos desconocidos no pueden acostarse? No resulta muy creíble. ¿O quizá te refieres a que tú nunca lo harías?

Tessa no pudo evitar seguir los lentos movimientos de sus labios, era algo hipnótico y muy peligroso. Apretó los puños, intentando reprimir la necesidad de apartarlo de sí, pues sabía que no serviría de nada. Era más alto y mucho más fuerte. No iba a darle la satisfacción de verla luchar en vano.

No, permanecería tranquila y seguiría hablando con sensatez, sin caer en su provocación. No iba a morder el anzuelo. Podría haberle dicho que a ella al menos no le resultaría nada difícil demostrar que el matrimonio no había sido consumado. Aquél sería el último recurso, pero si no le quedaba alternativa, lo haría.

Hasta entonces prefería no compartir una información tan personal con alguien como Stavros Denakis. Podía imaginar cómo se burlaría de ella si descubría que su experiencia era tan limitada. Claro que seguramente ni siquiera lo creería.

—Lo que creo es que nadie tendría motivos para dudar de nuestra palabra —aseguró con firmeza.

Esperó su reacción durante un largo silencio, intentando no sentir la tensión que le agarrotaba los músculos. ¿Era así cómo se sentía un animal a punto de caer en las garras de otro más fuerte?

—Puede que tengas razón —dijo él por fin, aunque el tono que utilizó daba a entender lo que opinaba realmente—. Aunque quizá sea más fácil pedir el divorcio.

Tessa se encogió de hombros. Lo único que le importaba era dar los pasos necesarios para verse libre de aquel matrimonio. Seguía resultándole increíble haber estado casada tanto tiempo sin saberlo siquiera. Y la idea de estar unida legalmente a Stavros Denakis... era escalofriante. En otro momento de su vida le habría parecido un sueño hecho realidad estar casada con un hombre guapo y dinámico que le había salvado la vida, pero entonces aún no sabía cómo era en realidad aquel hombre. Un ser duro, frío y cínico.

—Me da lo mismo. Lo que los abogados crean que será más rápido. ¿Te has puesto ya en contacto con ellos?

–¿Tanta prisa tienes por acabar con nuestra unión? –preguntó con sarcasmo.

Tessa intentó concentrarse en algo que no fuera su peligrosa proximidad y en aquel ridículo deseo de sentir su ternura. Recordó el leve roce de sus labios que la había hecho derretir cuatro años antes, al final de la boda. Aquel completo desconocido la había mirado con sus intensos ojos grises, la había rodeado en sus brazos con enorme cuidado para no hacerle daño y la había besado suavemente.

Y la había transportado al cielo y había hecho que el mundo girara a su alrededor durante unos segundos. Tessa se había sentido protegida en su calor y en la sólida fuerza de su cuerpo. Se había dejado llevar por la sorprendente delicadeza de sus labios.

El beso había acabado de pronto y él la había mirado con las cejas enarcadas con sorpresa, igual que la miraba ahora. Aunque la expresión que se veía en su rostro ahora era más difícil de interpretar. Pero Tessa sabía que lo que había detrás era furia y desconfianza.

–Sí, ya he hablado con mis abogados –dijo bruscamente–. Están estudiando cuál es la manera más rápida de solucionar el problema.

Entonces se apartó de ella y Tessa sintió que le temblaban las rodillas. De repente le costaba mantenerse en pie.

–Puede que necesiten algún tiempo –continuó diciendo junto a otra ventana–. Tendrán que hacer algunas averiguaciones sobre el lugar en el que se celebró la boda.

Eso retrasaría mucho las cosas porque, tras una sangrienta guerra civil, el pequeño país de Sudamérica nada funcionaba adecuadamente.

–¿De verdad tenemos que esperar?

Stavros se volvió a mirarla, su rostro cubierto por una máscara indescifrable.

–Si queremos hacer las cosas bien, sí. Todo debe ser completamente legal.

–Estoy de acuerdo –apartó la mirada de él para no sentir su frialdad.

–Les pediré que redacten un acuerdo adicional.

–¿Qué acuerdo?

–Un documento en el que te comprometas a no hablar con nadie de nuestro matrimonio, especialmente con la prensa y mediante el cual renuncies a reclamar compensación alguna.

Estaba convencido de que quería su dinero, lo había dejado muy claro la noche anterior, pero seguía resultándole muy doloroso que la acusara de ese modo.

–Como tú digas –dijo con repentino cansancio y deseosa de estar sola.

–¿Así sin más? ¿No vas a discutir el precio de tu silencio?

–No –volvió a apartar la mirada de él–. Estoy segura de que ya habrás calculado perfectamente cuánto vales y cuánto quieres pagar por ese silencio. ¿Por qué voy a discutir con un experto?

Además, jamás tocaría su dinero, pero de nada serviría decirle eso porque él ya la había juzgado y sentenciado.

Vio un movimiento por el rabillo del ojo y, cuando quiso darse cuenta, lo descubrió de nuevo a su lado. Realmente se movía de un modo muy sigiloso.

–No juegues conmigo –le advirtió poniéndole una mano en el hombro–. Llevas las de perder.

Tessa se esforzó por hablar para no sentir el escalofrío que le había provocado el roce de su mano.

–Iba a llamar a la embajada australiana en Atenas para pedir que me ayudaran a tramitar el divorcio o la nulidad, lo que sea más rápido.

–No es necesario. Mis abogados se encargarán de todo.

—¿Y también me comprarán un billete para volver a Australia? ¿O eso puedo hacerlo personalmente?

Con sólo mirarlo supo que perdía el tiempo siendo sarcástica. Sus ojos brillaban de un modo que la hizo estremecer. Y entonces apareció en sus labios una sonrisa que nada tenía que ver con la simpatía. Una sonrisa fría. Peligrosa.

—No te molestes en comprar ningún billete. No irás a ninguna parte hasta que esto esté solucionado.

Capítulo 4

STÁS amenazándome con no dejarme marchar?
De nuevo apareció esa sonrisa.

–Digamos que durante ese tiempo serás mi invitada.

¿Tendría que quedarse allí, en su casa? La idea era demasiado atroz como para contemplarla siquiera.

–¿Y si las cosas tardan en solucionarse? –nada relacionado con abogados y tribunales era rápido.

Él se encogió de hombros y apartó la mano de ella, pero seguía estando demasiado cerca como para que Tessa se sintiera segura.

–Creo que podré darte alojamiento durante ese tiempo.

No podía estar hablando en serio. Sin embargo la arrogante satisfacción de su rostro daba a entender que no estaba bromeando ni mucho menos. ¡Realmente pretendía retenerla allí!

–No tienes ningún derecho.

–Todo lo contrario. Tengo todo el derecho del mundo a velar por mi intimidad y a proteger a mi familia.

¿Y creía que teniéndola allí prisionera estaría haciéndolo? No podía retenerla contra su voluntad. Seguramente había mil maneras de huir de aquella casa. Miró de reojo el teléfono y de pronto pensó en su pasaporte, que había desaparecido misteriosamente de entre sus pertenencias.

–¿Y qué tienes pensado, atarme para que no pueda

escapar? –preguntó con una valentía que ocultaba el miedo que sentía al recordar el cautiverio que había sufrido años atrás.

–No me tientes –Stavros se inclinó sobre la silla en la que ella se había sentado. Apoyó ambas manos en los reposabrazos, atrapándola–. He de admitir que la idea resulta muy atractiva.

Estando tan cerca podía ver que, a pesar del gesto burlón de su boca, en sus ojos había algo más que furia; algo que le decía que estaba imaginándosela atada y completamente a su merced y que la imagen le gustaba. En aquel momento tuvo la sensación de que no le importaba lo más mínimo si sus actos eran moralmente reprobables, o incluso ilegales. No parecía dispuesto a detenerse ante nada para conseguir lo que deseaba.

Sentía el calor de su respiración en la cara y no pudo evitar bajar la vista de sus ojos a su boca. Estaba tan cerca... La tensión aumentó un poco más al ver que sus labios se entreabrían.

No podía ser que fuera a...

Dejó de pensar con claridad al recordar el roce de sus labios y darse cuenta de que se estaba inclinando hacia ella un poco más. Sólo la incredulidad de que aquello pudiera estar sucediendo realmente le impidió entregarse a la oscuridad de su mirada, invitarlo a seguir.

Unas manos fuertes le agarraron el rostro y la hicieron mirar hacia arriba. No había suavidad en el gesto, ni en el modo en que clavaba sus ojos en ella.

Tessa no pudo controlar el suspiro que salió de sus labios al sentir el calor de su pie y el movimiento de su dedo pulgar en la mejilla.

Dejó caer los párpados.

–Eres increíble –la voz de Stavros no era más que un susurro–. Sencillamente increíble.

Entonces apartó las manos y, al abrir los ojos, Tessa se encontró con una mueca de ira y asco en su rostro.

¿Qué había pasado?

—¿De verdad crees que soy tan inocente como para caer en las redes de una mujer como tú? ¿Por mucho que tus dotes interpretativas hayan mejorado en los últimos años?

Aquellas palabras fueron como un golpe para ella, él las había pronunciado con la misma crueldad con la que había lacerado su orgullo. En un solo segundo había sacado a la luz toda su debilidad.

Y Tessa lo odiaba por ello.

Sintió una profunda vergüenza de sí misma. ¿Qué clase de mujer era? ¿Cómo había podido olvidar que aquel hombre estaba prometido con otra mujer?

¡Increíble!

El deseo y las fantasías que creía desaparecidos habían aflorado en un abrir y cerrar de ojos, convirtiéndola en víctima de su deseo y de él.

Pero se negaba a ser la víctima de nadie. Nunca más volvería a serlo.

—No tienes por qué tener la más mínima relación con una mujer como yo, sólo tienes que dejarme marchar.

—¿Crees que voy a cometer el error de fiarme de ti? —respondió él con arrogancia—. De eso nada —se respondió a sí mismo al tiempo que en sus labios aparecía una sonrisa implacable—. No pienso perder de vista ese delicioso cuerpo tuyo. Te quedarás donde el personal de seguridad pueda tenerte controlada en todo momento. Dejaste muy claras cuáles eran tus intenciones al elegir la noche de mi fiesta de compromiso para aparecer. Te aseguraste un impacto máximo y, con ello, un beneficio máximo. No me tomes por tonto —siguió diciendo con aquella sonrisa fría y cruel—. Sé perfectamente que apareciste de ese modo con la intención de sacarme todo lo que pudieras. Pero me temo que te has equivocado de hombre. A mí nadie me hace chantaje.

A pesar de la indignación que le estaban provocando aquellas palabras, el miedo era aún mayor.

–Yo no planeé que fuera así –aseguró con voz temblorosa.

–Claro que lo planeaste –respondió él violentamente–. Ideaste tu aparición cuidadosamente. Podrías haberte puesto en contacto conmigo en cualquier otro momento de los últimos cuatro años y yo habría tramitado el divorcio sin ningún problema.

–No es cierto. Antes de ahora no había podido viajar. Y ni siquiera sabía quién eras o si estabas vivo hasta hace unos días.

Durante años se le había revuelto el estómago cada vez que recordaba aquel día en San Miguel. El modo en que él la había rodeado con el brazo mientras se alejaban después de la «boda» y la calidez de su sonrisa cuando le hablaba de que pronto estarían a salvo al otro lado de la frontera. Y después... nada. Tan sólo el vacío dejado por aquella terrible explosión en la que, según le habían dicho, no había habido más supervivientes.

–Es cierto –insistió poniéndose en pie–. Yo no escapé de San Miguel como hiciste tú. He pasado los últimos cuatro años en Sudamérica.

Stavros se dio media vuelta para ocultar la sorpresa. Había esperado escuchar alguna historia inventada, pero no aquello. Era absurdo.

Durante todo aquel tiempo la había creído muerta. Le había prometido que la salvaría antes de que estallara la guerra civil, pero no había podido hacerlo por culpa de aquella bomba que había estallado cuando iban camino del aeropuerto.

Tras haber terminado la investigación sobre una supuesta mina de esmeraldas, Stavros había tenido intención de volver a casa, pero entonces su conductor le había hablado de una extranjera que estaba prisionera en la cárcel del lugar. Allí no había turistas, ni siquiera los más aventureros se adentraban en aquella remota región. Habían encerrado a aquella mujer acusándola de estar apoyando a los rebeldes, pero todo el mundo sabía que era inocente; simplemente había tenido la mala suerte de que le robaran el pasaporte y de haber caído en las manos del violento jefe de policía, que sentía debilidad por las mujeres hermosas.

Stavros había acudido a la prisión para comprobar que lo que había oído era cierto y había prometido ayudarla. Con sólo ver el miedo que había en su rostro había sabido que no podría dejarla en aquella lúgubre celda. ¿Qué otra cosa podría haber hecho? Eran los dos únicos extranjeros que había en kilómetros a la redonda. Aquella mujer no podría escapar de otro modo después de que las revueltas se hubieran convertido en un auténtico baño de sangre. Si la guerra no acababa con ella, lo habría hecho la brutalidad de sus carceleros.

Nadie había puesto impedimento alguno a que un hombre rico se llevara a su «esposa».

Jamás habría pensado que hubiera quedado atrapada en aquel país destrozado por la guerra.

Sintió un escalofrío al pensar que la había dejado abandonada, sola en aquel sangriento conflicto. De nada le servía ahora recordar el cadáver de aquella mujer a la que había identificado o el estado de confusión en el que había quedado tras la explosión.

–No es cierto –se volvió a mirarla. No podía ser cierto.

Seguro que había escapado y había decidido aparecer precisamente ahora porque había descubierto quién era y cuánto dinero tenía.

–Claro que es cierto –aseguró ella con una convicción que le habría valido con cualquier otro hombre que conociera algo menos a las mujeres.

—Si hubieras estado desaparecida todo este tiempo, tu familia habría exigido que te buscaran. Alguien se habría puesto en contacto conmigo.

Ella negó con la cabeza.

—Yo no tengo familia.

—¿Ni una sola persona? —qué casualidad.

—Mi madre está muerta y nunca conocí a mi padre —se frotó los brazos como si tuviera frío—. No tengo hermanos y mi madre no tenía relación alguna con su familia. Ni siquiera sé si mis abuelos siguen vivos. Eso es lo que quiero averiguar en cuanto vuelva a Australia.

Stavros sintió un ápice de compasión, pero no se dejó ablandar.

—¿Por qué no escapaste cuando tuviste oportunidad de hacerlo?

Ella lo miró con gesto suplicante y triste.

—Recuperé el conocimiento al día siguiente de la explosión; estaba en un pueblo en las montañas. Me había rescatado una mujer.

—¿Una mujer?

—La hermana Mercedes, he vivido con ella los últimos años.

¿Una monja? ¿Pretendía que creyera que había llevado una vida de reclusión junto a una monja?

La carcajada de Stavros retumbó en toda la habitación. Parecía que Tessa Marlowe no mentía tan bien como él había creído. La historia era completamente descabellada.

¡Pronto le diría también que era virgen!

—¡Es cierto! —aseguró ella—. Nos quedamos en las montañas para estar a salvo. En una ocasión intentamos cruzar la frontera, pero dispararon a nuestro guía y nos dimos cuenta de que era demasiado peligroso.

–¡Ya está bien! –se dio media vuelta para no ver lo hermosa que estaba mientras hablaba. No podía seguir escuchando sus mentiras.

A esas alturas debería haberse hecho inmune a las mentiras de las mujeres hermosas, después de tres madrastras y toda una legión de arpías que habían pretendido convertirse en la esposa de Stavros Denakis.

–No pierdas el tiempo –dijo dirigiéndose a la puerta–. No conseguirás nada tratando de que crea en tu inocencia.

Sin embargo al cerrar la puerta, Stavros sintió una extraña duda a la que no estaba acostumbrado. Pero era demasiado inteligente como para dejarse afectar por tal ilusión.

Stavros se quedó de pie en la oscuridad del jardín, con la vista clavada en el mar. El silencio era como una bendición después de tantas horas atendiendo a los invitados de la noche anterior. Había tenido que dedicarles mucho tiempo, pero la importancia de la situación lo requería; aquel compromiso significaba la unión de dos grandes familias.

Pero no había podido dejar de pensar en que su esposa seguía allí.

Aún era su esposa.

Una amenaza y un peligro que aún no había conseguido solucionar.

No estaba acostumbrado a no poder resolver los problemas que surgían en su vida y aquél en particular iba a resultar muy complicado.

Los abogados le habían informado de que acabar con el matrimonio llevaría su tiempo y mientras tendría que tener a Tessa en su propia casa.

En las últimas horas había estado junto a su prometida, tan cerca de ella que había sentido el calor de su cuerpo perfecto. Y sin embargo no había sentido nada, ni un ápice de excitación ni de deseo.

Pero esa falta de respuesta no era lo peor. Durante todo el día había tenido en la cabeza el recuerdo de unos ojos color esmeralda, los ojos de una mujer que hacía que le hirviera la sangre y el pulso se le acelerara de un modo que no podía explicar. A pesar de la rabia, no podía negar aquella atracción que lo arrastraba hacia ella.

¿Qué tenía Tessa Marlowe que provocaba aquella traicionera reacción en él cada vez que la miraba, o tan sólo con pensar en ella?

Tenía que pensar en su hermosa prometida. Había elegido a Angela porque era elegante, inteligente y comprendía su trabajo y sus obligaciones. Procedía de una familia rica que encajaría a la perfección en su vida; sería la compañera perfecta que le daría el sexo y los hijos que él necesitaba.

Nada que ver con la timadora a la que, por el momento, seguía atado.

Se dio media vuelta y comenzó a caminar hacia la casa. Unos pasos después sintió algo que lo hizo detenerse. Una oleada de calor le recorrió el cuerpo. Levantó la vista y enseguida vio una figura medio escondida entre las cortinas de una ventana del segundo piso.

A pesar de la distancia pudo sentir cómo sus miradas se encontraba. Lo sintió en el pulso, igual que lo había sentido la noche anterior y hacía cuatro años.

Vio cómo su mano apretaba las cortinas y supo que ella también lo había sentido.

Llevaba intentando negarlo desde que la había visto allí sentada, en la sala de seguridad, y había sentido cómo el corazón se le paraba dentro del pecho.

Ella no había podido ocultarlo, sobre todo aquella tarde, cuando lo había provocado con aquella boca mentirosa y tentadora y con su aire de vulnerabilidad.

Continuó caminando, negándose a sentir lo que sentía, pero no pudo dejar de pensar que había encontrado un punto débil en Tessa Marlowe.

Su debilidad por él, la innegable respuesta de su cuerpo le proporcionaba un arma que Stavros no dudaría en utilizar contra ella, si era necesario.

Capítulo 5

TESSA se sumergió en el agua cristalina, disfrutando de la sensación de libertad que le transmitía. Hacía años que no tenía oportunidad de nadar. Toda una vida desde que había aprendido a nadar en la piscina pública del pequeño pueblo en que habían vivido su madre y ella durante algunos años. El lugar en el que más tiempo habían pasado.

Se habían quedado el tiempo suficiente para que Tessa hiciese amigos y los profesores se aprendieran su nombre. Incluso había aprendido a nadar en aquellas cálidas tardes de verano en las que la señora de la piscina había hecho la vista gorda con aquella niña que no tenía dinero para pagar la entrada.

La vida le había parecido llena de promesas en aquella época, como si las cosas pudieran ser diferentes por fin, había llegado a albergar la esperanza de que se instalaran allí y fueran como las otras familias.

Eso no había durado mucho, pero en ese tiempo Tessa había rozado con la punta de los dedos lo que más deseaba en su vida: un hogar, amigos a los que querer y que la quisieran e incluso una familia en la que apoyarse.

Su madre la había querido, pero a su manera. Hasta aquella temporada que habían pasado en Gundagai, Tessa no se había dado cuenta de que no todas las madres eran como la suya: voluble, impulsiva, magnífica cuando tomaba la medicación, pero siempre impredecible.

Hacía cuatro años le había parecido que por fin el destino le echaba una mano. Después de una formación sin demasiado prestigio y de varios años de trabajos mal pagados, había ahorrado el dinero suficiente para comenzar a estudiar trabajo social. Antes de que comenzara el curso, su amiga Sally había ganado unos billetes a México y la había invitado a acompañarla. Durante el viaje Sally se había enamorado de un canadiense y había decidido no hacer el viaje al sur que ambas habían preparado. Todo había cambiado el día en que Tessa se había bajado de aquel autobús en San Miguel, sola y directa al desastre.

Tessa tocó el fondo de la piscina y luego volvió a la superficie. Se retiró el pelo de la cara mientras deseaba poder deshacerse de aquellos recuerdos y lamentos con la misma facilidad. Salió del agua y se quedó arrodillada sobre las baldosas de terracota; estaba sin aliento.

Se quedó paralizada al ver lo que tenía delante, unas zapatillas de piel que seguramente valían más de lo que ella había tenido nunca en su poder. Unos pantalones oscuros sin duda hechos a medida y cuyas líneas elegantes no podían ocultar la potente masculinidad de aquellos muslos.

Dos manos fuertes se extendían frente a su rostro. Tuvo ganas de decirle que no necesitaba que la ayudara a ponerse en pie igual que no necesitaba que la retuviera contra su voluntad en aquella lujosa casa. Pero pensó que, si no aceptaba su ayuda, seguramente él la agarraría de todos modos.

No quería que aquellas manos tocaran su cuerpo.

Sintió una descarga eléctrica al agarrar su mano y por un momento se preguntó si él también lo habría sentido. Después respiró hondo y se puso en pie.

Él no la soltó cuando se encontraron frente a frente.

Un escalofrío recorrió su cuerpo.

Levantó la mirada hasta su rostro, pero él no la miró a los ojos; en su lugar la observó de arriba abajo de un modo que la hizo sonrojar y la llenó de calor. Tenía el ceño fruncido en un gesto de desaprobación y los labios apretados.

¿Qué había hecho mal ahora?

—Dijiste que podía utilizar la piscina —las palabras salieron de su boca en tono desafiante.

Ahora que los invitados se habían marchado, tenía permiso para utilizar los espacios públicos de la villa. Siempre y cuando no intentara escapar, por supuesto. Pero Tessa sabía que Stavros tenía la completa certeza de que no lo intentaría, pues le había dejado muy claro que no merecía la pena.

Su mirada fue subiendo por el cuerpo de Tessa, dejando a su paso una sensación de calor que parecía imposible sin estar tocándola realmente.

Se echó hacia atrás para apartarse de él al menos un poco.

—Claro que puedes —dijo con voz fría, manteniéndola en el sitio con el poder de su mirada.

Tenía el aire poderoso de un hombre acostumbrado a ser obedecido sin protestas. Tessa habría deseado tanto poder demostrarle que ella no era uno de sus lacayos. Sin embargo siguió allí, como si aquellos ojos grises la hubieran hipnotizado. Y eso la enervaba.

—Pero no es necesario que te bañes con esa ropa —dijo observando los pantalones cortos y la camiseta de tirantes que llevaba—. La próxima vez busca un bañador de tu talla en los vestuarios —no era una sugerencia, era una orden.

Tessa sintió una estúpida vergüenza. No había nada vergonzoso en no tener bañador y sin embargo tuvo la sensación de estar encogiendo ante sus ojos.

Seguramente le ofendía ver en su casa a alguien tan

desaliñado. Él sólo se codeaba con gente elegante y distinguida. Estaba acostumbrado a la perfección de Angela Christophorou.

Tessa se rodeó a sí misma con los brazos en un gesto defensivo y se dio la vuelta para buscar la toalla. Se dijo a sí misma que no le importaba carecer de glamur o de elegancia, pero lo cierto era que sentía una cierta insatisfacción, un deseo de algo que jamás había tenido.

Esa misma mañana había visto de lejos a Stavros y a su prometida. Él le rodeaba la cintura con el brazo en actitud protectora y cariñosa.

Había tenido que darse media vuelta, pues la imagen le había provocado una punzada de dolor.

Stavros la vio arroparse con la toalla. Se movía con ademanes bruscos, como si estuviera nerviosa.

Se pasó la mano por el pelo con frustración. Nunca había perdido de tal modo el control sobre una situación. ¡Nunca había perdido el control de sus emociones! Estaba furioso, pero no sabía si consigo mismo o con su esposa.

Ese mismo día, había leído con gran sorpresa el informe de sus investigadores en el que se decía que, efectivamente, Tessa no había pasado los últimos cuatro años a salvo junto a su familia o viviendo a costa de algún hombre gracias a sus encantos físicos. En realidad había vivido precariamente en un país del tercer mundo convulsionado por la guerra civil y la pobreza.

Porque él, Stavros Denakis, le había fallado.

Saber que él había vivido cómodamente mientras ella pasaba todo tipo de penurias había supuesto un tremendo golpe, un puñetazo en la boca del estómago. No importaba que todo el mundo la hubiese creído muerto y que él hubiera conseguido cruzar la frontera a duras penas y lleno de magulladuras.

No era de extrañar que estuviera tan desesperada por ganarse unos dólares después de tanta privación. Eso explicaba también su fragilidad.

A pesar de que parecía que una ráfaga de aire pudiese romperla, Stavros se veía invadido por el deseo cada vez que la veía. De nada servía que recordase que estaba comprometido con otra mujer. Bien era cierto que no sentía nada por Angela, pero le había hecho una promesa.

Igual que había prometido hacía cuatro años proteger a aquella extranjera indefensa con los ojos color esmeralda.

Tragó saliva para intentar deshacer el nudo de armadura que sentía. El deseo que sentía por aquella mujer era una burla para sus planes, su autocontrol y su honor.

Ver a Tessa Marlowe con aquellos pantalones raídos y aquella camiseta debería haberle hecho ver lo poco que tenían en común. Lo lejos que estaba ella de su prototipo de mujer ideal: voluptuosa, elegante y de trato fácil.

Y sin embargo su imagen con aquella ropa mojada que se le pegaba al cuerpo con una segunda piel, la curva sorprendentemente pronunciada de sus pechos y su delicada figura desprendía un atractivo femenino al que se sentía incapaz de resistirse.

Se moría de ganas de abrazarla, de recorrer el contorno de su cuerpo y acariciar aquellos pechos perfectos.

Después de llevar sólo unos días alimentándose en condiciones su cuerpo había experimentado un cambio evidente y se había llenado de vitalidad. Lo que no hacía más que aumentar su atractivo y el sentimiento de culpa de Stavros.

Angela se había marchado a Atenas hacía sólo unas horas y él se había quedado allí a solucionar el problema de su matrimonio con Tessa. Sin embargo allí estaba, completamente hipnotizado por las piernas desnudas de aquella mujer.

¿Qué clase de hombre era?

Tessa se cubrió con la toalla. Estaba tiritando de frío y de miedo por el modo en que su cuerpo reaccionaba a Stavros Denakis.

Tenía motivos para recelar de él, ¿por qué entonces no podía controlar aquel estúpido deseo? Stavros la despreciaba y pronto se casaría con una mujer bella y sofisticada que era la antítesis de Tessa. Y sin embargo no podía acallar esa chispa de excitación que nacía en su interior cada vez que sentía su mirada.

No, no era una chispa, era una llamarada de pasión destructora por alguien a quien nunca podría tener y a quien no debería desear.

Llevaba demasiado tiempo soñando con aquel hombre, creando fantasías que habían acabado convirtiéndole en un héroe inventado, pero sabía que no era más que el resultado de su desesperada necesidad de creer en algo, en alguien que la consolara cuando el miedo la acorralaba y le resultaba imposible conciliar el sueño.

Ahora no podía deshacerse de aquella fantasía ni del deseo. Pero tenía que hacerlo.

Irguió bien la espalda y se volvió a mirarlo.

Su rostro parecía triste y más tenso que nunca. Como si hubiera recibido una mala noticia.

Como si la culpara de ello.

—Tenemos que hablar —dijo él con una voz profunda que le erizó el vello.

En aquel momento no tenía las fuerzas necesarias

para hacer frente a su ira y sabía que el hecho de no merecer dicha ira no la libraría de sufrirla.

–No pensé que tuvieras interés en hablar conmigo –respondió ella con fingida tranquilidad–. Al fin y al cabo, no crees nada de lo que digo.

Tessa vio cómo apretaba los dientes.

–Tienes razón, creí que tu historia sólo era una treta para ganarte mi compasión.

¿Compasión? Tenía gracia porque desde que había llegado a aquella casa la había tratado como a una apestada. Pero ahora había algo diferente.

–¿Y qué te ha hecho cambiar de opinión? –porque era evidente que lo había hecho, podía verlo en sus ojos.

–Mi gente ha seguido tus pasos hasta que hace un par de semanas te pusiste en contacto con la embajada australiana –hizo una pausa para respirar hondo–. No hay prueba alguna de que hayas vivido en ningún otro lugar excepto en el que... yo te dejé.

Por supuesto. Creía a su gente, pero a ella no. ¿Qué esperaba? ¿Que de pronto se hubiera dado cuenta de que se había equivocado con ella? ¿Que hubiera dejado atrás sus prejuicios?

¡Eso era imposible!

–Entonces ahora ya lo sabes –se encogió de hombros, en un esfuerzo por parecer despreocupada.

Se hizo un tenso silencio entre ambos.

–Es culpa mía –afirmó bruscamente.

Aquellas palabras eran tan inesperadas que Tessa parpadeó varias veces y se preguntó si lo había oído bien.

–Debería haber cuidado de ti. Había otro camino para llegar al aeropuerto, es por ahí por donde deberíamos haber ido.

Tessa lo miró mientras intentaba asimilar lo que acababa de escuchar. ¿Se culpaba así mismo de la explosión que había hecho saltar por los aires el coche en el que viajaban?

—No había manera de que supieras que iba a estallar una bomba.

—Debería haberme encargado de averiguar si el trayecto era seguro —dijo dando un paso hacia ella para después detenerse de pronto.

A tan poca distancia, Tessa pudo ver la expresión de sus ojos, en ellos había confusión, duda y... ¿dolor?

Algo se estremeció dentro de ella al pensar que el hombre que la había salvado de la tortura y la muerte se culpara de la violencia de otros. De pronto no le importó que se hubiera portado tan mal con ella desde que había aparecido en su casa. Por primera vez desde su reencuentro, Tessa vio en él al hombre que había conocido y admirado en el pasado. Su fuerza. Su decencia innata y el modo en que aceptaba sin dudarlo su papel de protector. Vio lo que escondía bajo esa apariencia de invulnerabilidad y sintió la necesidad de consolarlo.

Levantó una mano hacia él para tocarle el brazo, pero perdió el valor antes de llegar a hacerlo y volvió a dejarla caer. Quizá fuera mejor evitar el contacto físico.

—No fue culpa tuya —susurró con un nudo de emoción en la garganta—. Hiciste todo lo que pudiste, que fue mucho más de lo que hizo nadie.

Pero él negó con la cabeza.

—No fue suficiente —su voz estaba llena de amargura—. Yo me había hecho responsable de ti —clavó la mirada en un punto por encima de su cabeza, como si le doliera mirarla.

Y quizá fuera así.

De pronto el peso de los recuerdos se hizo insoportable. Tessa sintió que le temblaban las rodillas y no le quedó más remedio que mirar a su alrededor y sentarse en la hamaca más cercana.

Un segundo después él estaba de cuclillas junto a ella, mirándola fijamente.

–Estás enferma.

Tessa negó con la cabeza.

–Necesitas un médico.

–¡No! No me pasa nada –nada que no se pudiera cuidar con un poco de descanso.

–Eso no es lo que dijo el médico.

–¿Hablaste con él sobre mí? ¿Qué hay de la confidencialidad entre médico y paciente?

No se molestó en responder. Evidentemente, nadie le negaba nada a Stavros Denakis. Si hubiera tenido fuerzas para hacerlo, habría protestado más enérgicamente, pero por el momento estaba demasiado ocupada por el nudo de emoción que sentía en el estómago.

Deseaba odiar a aquel hombre que se metía en su vida sin pedir permiso ni disculparse por ello, pero sentía demasiada debilidad por él y no conseguía salir del asombro de descubrir inesperadamente su lado más vulnerable.

Algo que escondía bien.

Stavros se puso en pie y se sacó el teléfono móvil del bolsillo. Tessa lo oyó dar instrucciones a alguien en griego, sólo alcanzó a distinguir una palabra: Michalis. Era el nombre del médico.

–Te he dicho que no necesito ningún médico –lo interrumpió Tessa levantándose también y poniéndole la mano sobre la suya.

El mero contacto con su piel le provocó un estremecimiento como una descarga eléctrica. ¿Lo habría sentido también él? Sus ojos se encontraron, pero los de él seguían resultando impenetrables.

Tessa retiró la mano como si se hubiera quemado, pero enseguida deseó no haberlo hecho pues él enarcó las cejas de un modo casi imperceptible. Stavros había notado su reacción.

–El médico llegará enseguida –su voz no revelaba nada.

No tenía sentido que el doctor volviera a examinarla, sólo necesitaba descansar, comer bien y tomarse las medicinas que ya le había recetado. Ella no era ninguna flor delicada.

–Entonces espero que tú y él tengáis una conversación interesante porque yo no voy a verlo –declaró con firmeza.

Durante un instante el rostro de Stavros permaneció inmóvil, pero entonces, para sorpresa de Tessa, su boca se curvó en una sonrisa increíblemente sexy que le aceleró el corazón.

–No tientes tu suerte, Marlowe. Mientras estés en mi casa, soy el responsable de tu bienestar y no pienso correr ningún riesgo –y, diciendo eso, cerró el teléfono y volvió a metérselo en el bolsillo–. Además, no quiero que puedas alegar que te he maltratado o abandonado de algún modo –añadió clavando la mirada en sus ojos y volviendo a adoptar ese aire arrogante–. Ya comprobarás que mis abogados no están tan dispuestos como yo a llegar a un acuerdo.

¿Otra vez con eso? Pensó Tessa con profunda decepción porque por un momento había llegado a creer que podrían firmar una tregua, pero parecía que la desconfianza de Stavros Denakis era más fuerte que su sentimiento de culpa.

–¿Sigues creyendo que quiero tu dinero? –no pensaba rebajarse justificándose, pues sabía que no serviría de nada, pero al menos hacerle ver que no comprendía tanto escepticismo.

–¿Crees que debería pensar que eres completamente inocente sólo porque has tenido una vida difícil? –enarcó ambas cejas con verdadera sorpresa–. Las mujeres nunca decís claramente lo que buscáis. A cualquiera le parecería sospechoso que lo primero que hicieras al verte libre fuera cruzar medio mundo para encontrarme. Es evidente que pretendes hacerte con parte de mi dinero.

La ira que provocaron aquellas palabras hizo que le resultara difícil hablar, pero consiguió hacerlo después de unos segundos.

–Veo que te consideras un experto en mujeres. ¿Se te ha ocurrido pensar que, por una vez en la vida, podrías estar equivocado?

Volvió a sonreír, pero esa vez con fría ironía.

–Deberías haber investigado un poco antes de intentar extorsionar a un Denakis. Aunque supongo que en tu situación no tenías demasiadas posibilidades de investigarme.

Tessa hizo un esfuerzo por volver a sentarse en la hamaca en lugar de darle una bofetada en su arrogante rostro, o pegarle un rodillazo en el lugar que más le doliera a su inflado ego.

–Supongo que crees que todas las mujeres que se interesan por ti lo hacen por tu aspecto o por tu dinero –dijo con calma–. Es una lástima que dudes tanto de tu valía y tengas que desconfiar siempre de los motivos de los demás.

Stavros juntó las cejas y en sus ojos apareció un brillo peligroso. No se movió, pero de pronto parecía más grande y amenazante.

–Estoy acostumbrado a que las mujeres se pongan a propósito en mi camino –murmuró en tono de provocación–. A que se insinúen a mí y traten de meterse en mi cama.

Se encogió de hombros y la miró de arriba abajo, recorriendo su cuerpo lentamente. Tessa estaba cubierta por la toalla, pero tuvo la sensación de carecer de barrera alguna que la protegiera de él. Su mirada fue como una caricia y Tessa supo que estaba pensando en cuando, estando en su habitación, ella había creído que iba a besarla. No había podido ocultar su deseo de que así fuera, su impaciencia.

Sintió que le ardían las mejillas.

—Pero tengo especial experiencia con las mujeres que tratan de conseguir dinero a través del matrimonio –apretó los dientes de un modo brutal–. Conocía a la primera de mis madrastras a los diez años, a la segunda a los dieciséis y a la tercera a los veintidós. Ninguna de ellas se comportó jamás como una esposa cariñosa a la que le importase su marido y su nueva familia –aquellas palabras salieron de su boca con verdadero odio–. Cada una de ellas era más egoísta y mercenaria que la anterior.

Se dio media vuelta hacia el mar Egeo que bañaba las tierras de la casa. Tenía la mandíbula apretada y los ojos completamente despojados de sentimiento.

De pronto le pareció la persona más sola que había visto en su vida y sintió una profunda compasión por él.

—Ya lo he visto todo –dijo en voz baja–. He presenciado todo tipo de estratagemas y de falsas muestras de cariño. Mujeres que utilizan su cuerpo para convertirse en la amante ideal, mujeres a las que les importa más la manicura que los votos de fidelidad y amor, mujeres cuyo único objetivo es llevar una vida llena de lujo, aunque para conseguirlo tengan que venderse a sí mismas.

Al oír el desencanto que impregnaba sus palabras, Tessa se dio cuenta de que jamás podría convencerlo de que ella era diferente a esas mujeres. ¿Por qué intentarlo?

Se puso en pie para marcharse, pero de pronto se encontró frente a frente con el hombre vestido de negro que la había interrogado la noche de su llegada. En su rostro no había un ápice de emoción, pero le provocó un escalofrío.

–*Kyrie* Denakis.

Stavros se volvió hacia él con expresión ausente. Un segundo después estaba completamente centrado en él, se había olvidado por completo de todo lo demás.

–*Ne?*

El hombre de negro respondió también en griego y, a pesar de que Tessa no comprendía ni una palabra, sabía que estaban hablando de ella.

Se arropó un poco más con la toalla.

Finalmente se hizo un silencio largo y amenazador, la acusación flotaba en el aire.

Stavros hizo una pregunta a su empleado y, al oír la respuesta, le lanzó una mirada a Tessa que más bien parecía un puñal. Ya no había ni rastro de vulnerabilidad en él, ni de humanidad. Sus ojos eran como dos témpanos de hielo.

Tessa dio un paso atrás involuntariamente.

El encargado de seguridad volvió a hablar, Stavros le dio una orden y el hombre se marchó de nuevo hacia la casa.

Stavros sacó el teléfono móvil y le dio la espalda para hablar. Tessa sentía un terrible dolor en el pecho y le costaba respirar.

Tenía que saberlo.

–Hablabais de mí, ¿verdad?

Stavros se quedó inmóvil al oír su voz y no llegó a marcar el número de Angela.

Estaba suponiéndole un verdadero esfuerzo controlar los nervios. Nunca había estado tan cerca de perder el control. La ira amenazaba con apoderarse de él, con arrasarlo como un terremoto provocado por la noticia que le había dado Petros.

Se volvió a mirar a Tessa muy despacio. Algo se estremeció dentro de él al ver sus ojos abiertos de par en par, la expresión inocente de su rostro. Una inocencia que era sólo fachada. ¿Habría alguna mujer en el mundo que fuera realmente honesta? ¿Alguna a la que no la moviera la astucia y la ambición?

Apretó los dientes para intentar calmarse.

La vio dar un paso atrás, lo que la dejó al borde de la piscina. Stavros la agarró rápidamente y la apartó del peligro. Sintió su piel durante sólo unos segundos, porque enseguida se alejó de ella, de la tentación.

Habría deseado agarrarla por los hombros y zarandearla para que supiera el daño que había causado con su egoísmo. Pero no podía dejarse llevar por un impulso tan primitivo.

–¿Qué te hace pensar que hablábamos de ti? –hasta a él le pareció que la pregunta sonaba amenazadora.

–Pues... era obvio –su voz era tan sólo un susurro.

Stavros no se sentía satisfecho de saber que estaba asustada.

–La prensa se ha enterado de nuestro matrimonio –la miró a los ojos en busca de una señal de emoción o de que aquello era algo que ella ya sabía. Algo que confirmase su responsabilidad al respecto–. La noticia va a aparecer en todas las revistas.

–¿Cómo...?

–Pensé que podrías decírmelo tú. Desde luego a ti te conviene que todo el mundo lo sepa.

–¡No! ¡Yo nunca haría algo así!

–¿Esperas que te crea?

–No –dijo negando con la cabeza–. Sé que no creerás nada de lo que diga, pero eso no cambia el hecho de que yo no haya hablado con ningún periodista.

–Hablar o escribir, eso es lo de menos. Lo importante es que tú eres la única beneficiada.

–Tu gente te dirá que no he hecho ninguna llamada

a la prensa, ni he mandado ninguna carta. En cuanto al correo electrónico... ni siquiera sé dónde hay un ordenador en la casa, por lo que no he tenido acceso a Internet.

En eso tenía razón. Petros le había asegurado que había estado completamente incomunicada, pero eso no la liberaba de culpa. Sin duda había encontrado otro modo de hablar con el exterior.

–Como no creas que he estado mandando señales de humo desde mi habitación..

–No hace falta que te pongas sarcástica –gruñó él.

–¿Cómo supones entonces que he hablado con la prensa? ¿Te has planteado siquiera la posibilidad de que no haya sido yo?

–Nadie más tendría motivos para hacerlo –replicó–. Tú eres la única que necesita un argumento para sacarme dinero. Pero ya te he dicho que no voy a permitir que nadie me chantajee.

–Si la noticia es tan importante, seguro que vale mucho. ¿Por qué no les preguntas a tus empleados? Muchos saben que estoy aquí. Alguno de ellos...

–¡Calla! –la interrumpió bruscamente–. No intentes culpar a los demás.

–No puedes desechar la idea.

–Claro que puedo. Conozco perfectamente a todos los que trabajan para mí –había crecido con muchos de ellos y confiaba en ellos mucho más que en ella–. Ninguno de mis empleados filtraría la historia a la prensa. Además –hizo una breve pausa–, pudiste vender la historia antes de llegar aquí.

–¡Estás tan empeñado en desconfiar de mí! –exclamó ella mirándolo fijamente a los ojos.

–Y tú eres tan predecible –era una lástima. No pudo evitar preguntarse cómo sería encontrar una mujer que fuera tal y como Tessa Marlowe fingía ser.

Pero era una quimera, pura fantasía.

Ya había perdido demasiado tiempo pensando en aquello. Marcó el número de teléfono y se dio media vuelta.

—No te preocupes, Marlowe. Averiguaré cómo y quién ha filtrado la noticia y habrá consecuencias.

Y estaba deseando que llegara ese momento.

Capítulo 6

SEGUÍAN allí.

Tessa se escondió entre las sombras mientras miraba por la ventana a la entrada de la mansión Denakis. Las furgonetas de la prensa y las cámaras de televisión abarrotaban la zona. Los paparazzi habían rodeado la casa hacía ya dos días, en cuanto se había hecho pública la noticia de que el cabeza del poderoso clan Denakis se había casado con una desconocida australiana.

Los medios no dejaban de debatir cómo era posible que uno de los empresarios más importantes de Europa tuviera una esposa y una prometida. Tessa había tenido que cerrar los ojos con horror ante las breves imágenes que había visto en televisión la noche anterior, donde se veía a Stavros salir de una limusina acosado por los periodistas que le gritaban y con gesto cariacontecido.

Lo cierto era que Tessa no podía culparlo por estar enfadado. Había irrumpido en su vida en el momento más inoportuno.

Tessa se alegraba de no haberse encontrado con él desde que la había acusado de vender la historia a la prensa. Se había puesto hecho una furia, hasta el punto de hacer que ella se preguntara si sería el tipo de hombre que recurría a la violencia. Después del circo que habían montado los periodistas alrededor de la casa, no quería ni imaginar en qué estado se encontraría.

Se estiró un poco para ver la puerta lateral. ¿Qué harían todos aquellos fotógrafos si trataba de atravesar aquella puerta y escapar? ¿Podría pasar por allí fingiendo que era una desconocida, una turista anónima?

No. Sería imposible pasar desapercibida, lo cual le dejaba pocas opciones sobre qué hacer.

Había llamado a la embajada australiana y, para su sorpresa, nadie le había puesto impedimento alguno para llamar. Seguramente habría sido diferente si hubiera intentado llamar a algún periódico. En la embajada le habían aconsejado que se quedara donde estaba.

Tessa había considerado la idea la decirles que no disponía de su pasaporte, por lo que prácticamente estaba prisionera, pero algo la había impulsado a no decirlo. Irónicamente, la villa Denakis se había convertido en una especie de refugio. La debilidad que había sentido en las últimas semanas había desaparecido, pero aún no se encontraba con las fuerzas necesarias para decidir qué hacer con su vida o para enfrentarse a la prensa. Por el momento era más sencillo seguir siendo la invitada no deseada de Stavros.

De pronto salió corriendo de la habitación y bajó las escaleras. Necesitaba aire fresco y sabía que en el jardín estaría a salvo.

Estaba atravesando una sala del primer piso cuando un ruido la hizo detenerse. A su izquierda se abrió una puerta y apareció Stavros, como si hubiera sabido que ella estaría ahí.

La intensidad de su mirada la hizo estremecerse y deseó poder seguir andando fingiendo que no lo había visto. Pero era imposible.

Stavros llevaba un traje oscuro perfectamente confeccionado, una camisa blanca y una corbata de seda color carmesí. Era la personificación de un empresario de éxito.

Sin embargo había algo en sus ojos, en el modo en que la miraba, que hacía pensar en el otro Stavros Denakis, en el hombre de poder primitivo que se ocultaba bajo la imagen de magnate. Un hombre mucho más peligroso.

Al mirarlo, Tessa pensó que la autoridad que desprendía sin hacer el menor esfuerzo no tenía nada que ver con los negocios ni con su inmensa riqueza. Era algo que emanaba de su determinación, de su confianza innata y de ese increíble poder masculino que ni siquiera el mejor traje hecho a medida podía ocultar.

Tessa nunca había encontrado el menor atractivo en la fuerza bruta, sin embargo al sentir que se le aceleraba el pulso y la respiración, tuvo que aceptar que aquel hombre la afectaba de un modo que aún no alcanzaba a comprender.

—Señorita Marlowe —dijo inclinando la cabeza con cortesía.

—Señor Denakis —respondió ella mirándolo a los ojos, negándose a dejarse acobardar.

La comisura de su boca se inclinó sólo un instante, dejando que apareciera algo parecido a una media sonrisa que sin duda no era tan fascinante como le pareció a Tessa.

—Tenemos que hablar.

Consciente de que no había modo de escapar a dicha invitación, Tessa irguió los hombros y fue hacia él, que se echó a un lado para dejarla entrar en la habitación contigua.

—Siéntate —le dijo con una voz profunda que la sobresaltó.

Aquél era su despacho. En lugar de ocupar la silla que había frente al enorme escritorio de madera maciza, Tessa optó por sentarse en una de las butacas que había alrededor de una mesa baja e hizo un esfuerzo por parecer tranquila.

Él no se sentó frente a ella, sino que fue hasta el enorme ventanal y perdió la mirada en el exterior durante varios segundos hasta que finalmente se volvió a mirarla con expresión indescifrable. Tenía los hombros rígidos, lo cual no era buena señal.

–Te debo una disculpa –anunció de pronto.

Tessa se preguntó si había oído bien. Jamás habría creído que oiría una disculpa de Stavros Denakis. Sin embargo parecía tan incómodo, que debía de ser cierto.

–¿Entonces me crees?

–Sé que no fuiste tú la que filtró la noticia de nuestro matrimonio a la prensa.

Tessa se recostó sobre el respaldo de la butaca. *Por fin*.

–¿Quién lo hizo?

–Un camarero que trabajó aquí sólo en la fiesta de compromiso. El periodista al que llamó nos ha dado pruebas más que suficientes –añadió con voz gélida.

Tessa sintió un escalofrío. Todo el mundo sabía que los periodistas se esforzaban mucho en proteger a sus fuentes de información; no quería ni pensar en los métodos de presión que habría utilizado Stavros para obtener tales pruebas.

–¿Y el camarero? ¿Qué ha pasado con él? –debería haberse alegrado de que hubieran encontrado al verdadero culpable, sin embargo no podía evitar preguntarse qué precio habría pagado por su comportamiento.

–Sólo ha recibido lo que merece –Stavros hizo una pausa. ¿Estaba saboreando la venganza?–. No volverá a trabajar en este campo con ninguna empresa importante.

Tessa se quedó helada ante el tono despiadado de su voz.

–¿Te parezco demasiado duro?

–No. Sí. Creo que... va a serle muy difícil empezar de nuevo.

Stavros se encogió de hombros.

–Debería haberlo pensado antes de traicionar la confianza de la persona que lo había contratado. Si quería dinero, debería haber trabajado para conseguirlo honestamente, como hace todo el mundo.

No había nada que decir a eso.

—Sólo buscaba obtener dinero fácil —continuó diciendo mientras se apartaba de la ventana e iba hacia ella—. Igual que las mujeres que creen que el matrimonio es la manera más sencilla de hacerse ricas.

Tessa contuvo la respiración. Otra vez no. Se puso en pie para que la diferencia de altura no la hiciera sentirse en desventaja.

—¿Ya sabes que no he vendido la historia a la prensa y sin embargo sigues empeñado en creer que estoy aquí por tu dinero?

—Hace falta mucho más que eso para convencerme de que no eres tan inocente como quieres hacer ver —la miró fijamente, como si pretendiera así descubrir todos sus secretos.

Tessa deseaba con todas sus fuerzas hacerle ver que no tenía secretos, que su vida era un libro abierto. Estaba harta de su desconfianza y de sus acusaciones.

—Debe de ser muy duro vivir siempre sospechando de todo el mundo —le dijo dedicándole una mirada de reprobación—. Espero que tu prometida tenga fuerzas para enfrentarse a ello.

—¿Mi prometida?

—Sí, tu prometida —¿acaso no tenía derecho a mencionar siquiera a su futura esposa? Pero lo miró fijamente, con total dignidad.

—No sé si tienes un sentido del humor muy inoportuno o es que pretendes echar sal sobre la herida.

—Yo... —frunció el ceño sin comprender lo que trataba de decir.

—Vamos, Marlowe, no te hagas la despistada. Sabes muy bien que ya no tengo ninguna prometida —se acercó a ella con gesto intimidante—. Y creo que estarás de acuerdo conmigo en que es gracias a ti.

–No lo sabía –murmuró Tessa dando un paso atrás que no le serviría de nada si él simplemente extendía el brazo.

–Pues ha salido en todas las noticias, junto con todos los detalles de mi vida que han podido averiguar los medios –no hizo el menor esfuerzo por ocultar su amargura.

–Yo no hablo griego. No lo sabía –repitió, como atontada. Stavros tenía razón. Era culpa suya. Si no hubiera ido a verlo...–. Lo siento. ¿No había manera de que tu prometida y tú pudierais...?

–¿Qué? ¿Mantener el compromiso mientras todo el mundo sabía que yo sigo casado contigo? –preguntó con sorna–. No, no había manera. Aunque Angela hubiera estado dispuesta a aceptarlo, yo no habría podido consentirlo. Puse fin al compromiso el mismo día que la prensa se hizo con la noticia.

La expresión de su rostro daba a entender que no había sido una experiencia muy agradable y que tenía intención de vengarse por ello. Tessa sintió que le faltaba el aire y le temblaban las rodillas.

Entonces él esbozó una sonrisa carente de toda calidez.

–Ahora sólo estamos tú y yo –murmuró él acercándose un poco más–. Qué bonito. Mi encantadora esposa y yo.

Extendió los brazos y, antes de que ella pudiera escapar, la agarró por los hombros y la acercó hacia sí.

Al mirar a aquellos intensos ojos grises, sintió miedo. Por mucho que lo intentara, no podría escapar de él. Se quedó paralizada, pero el corazón le latía como si fuera a salírsele del pecho.

–Así está mejor –susurró él deslizando una mano por su clavícula para dejarla después extendida en la base de su cuello–. La cuestión es qué debería hacer contigo –hizo una pausa–. ¿Alguna sugerencia?

Tessa sintió cómo se le cerraba la garganta.

Sus dedos le acariciaban lentamente el cuello.

—Es una lástima que tenga que irme a Atenas a reunirme con mis asesores legales, pero entenderás que no quiera faltar —en su voz se adivinaba cierto sarcasmo mientras le pasaba un dedo por el labio inferior—. Pero no temas, esposa —se acercó tanto que la acarició con su respiración—. Pensaré en el tema y podremos hablar de ello cuando vuelva.

Tessa había visto marcharse el helicóptero hacía una hora. Sabía que Stavros se había marchado y sin embargo no había tenido fuerzas para salir de la habitación.

Había estado jugando con ella; jamás habría recurrido a la violencia, pero eso no impidió que Tessa sintiera un escalofrío al recordar su voz amenazante. Había visto tal furia en sus ojos, en su gesto... y un deseo que la asustaba más que ninguna otra cosa.

Incluso sabiendo que estaba sola, salió de la habitación con sigilo y se dirigió al jardín. Al llegar al piso de abajo, oyó algo. No había voces, ni movimiento alguno, sólo un ruido rápido, un clic-clic.

La curiosidad la llevó hasta el origen de aquel ruido. En una gran habitación vio a un hombre sentado a una mesa de madera sobre la que había un tablero lleno de fichas que él movía.

El aspecto de aquel hombre hizo que se le cortara la respiración. Tenía los hombros anchos y un gesto arrogante que le resultaba muy familiar. El parecido era increíble. Pero aquel caballero era mucho mayor que Stavros Denakis. Su cabello era completamente gris y tenía el rostro cubierto de arrugas. Era evidente que había estado enfermo porque tenía las mejillas hundidas y la ropa le estaba grande.

El ruido cesó cuando levantó la mirada directa hacia ella, como si hubiera sabido en todo momento que estaba allí.

—*Kalimera, Kyria Denakis* –dijo inclinando la cabeza.

—Lo siento –murmuró Tessa–. No entiendo griego. ¿Qué ha dicho?

—Buenos días, señora Denakis –su voz retumbó con la misma fuerza con la que lo hacía la de Stavros.

Tessa abrió la boca para negar el título que acababa de darle, pero después volvió a cerrarla. Técnicamente era cierto, ella era la señora Denakis.

La idea la hizo estremecer.

—Tenía curiosidad por conocerla –continuó hablando, ajeno a la bomba que acababa de dejar caer.

Hizo una pausa y Tessa tuvo la sensación de que estaba evaluándola con la misma crueldad con la que lo había hecho Stavros.

—Permítame que me presente. Soy Vassilis Denakis, su suegro.

Stavros entró a la casa, contento de encontrarse de nuevo en su terreno. Los periodistas eran como mosquitos, zumbando a su alrededor incesantemente, acosándolo y fotografiando cada uno de sus movimientos. ¡Como si pudieran sacar más información sobre él!

Estaba acostumbrado a que los medios le prestaran atención, había crecido rodeado de periodistas, pero aquella situación estaba poniendo a prueba su paciencia. Si había algo que detestaba, era la sensación de no tener el control de su vida. Y no ayudaba precisamente el saber que aquel caos era el producto de sus acciones de hacía cuatro años.

Y para colmo de males, acababa de tener una desagradable discusión por teléfono con el tío de Angela, que le había exigido una compensación económica por haber roto el compromiso.

Cada vez había más cosas por las que tendría que ajustar cuentas con Tessa Marlowe.

Al menos sus asesores legales y relaciones públicas habían sido lo bastante profesionales como para no hacerle ninguna pregunta impertinente sobre cómo se había metido en aquella situación; se habían limitado a concentrarse en encontrar una solución para salir del embrollo.

Ahora sólo necesitaba una ducha caliente y una copa de coñac, o hacer un poco de ejercicio en el gimnasio para liberar un poco de tensión.

No estaba acostumbrado a sentirse víctima de una situación en lugar de ser el vencedor.

Estaba llegando ya a la escalera cuando oyó unas voces y la risa profunda de su padre.

¿Qué estaría haciendo allí? Se había mostrado muy obstinado en quedarse en la villa que su tatarabuelo había construido al otro lado de la bahía. ¿Habría decidido por fin hacer lo que Stavros deseaba y trasladarse a vivir con él permanentemente?

No lo creía. Su padre era terco como una mula.

Siguió el ruido que hacían las fichas del tavli. Parecía que su padre estaba acompañado de alguno de sus amigos.

Aceleró el ritmo de sus pasos, guiado por una premonición. Lo sentía en los huesos.

¡Maldición! No podía creerlo.

Pero era cierto.

Su padre estaba jugando al tavli con Tessa. Con la pequeña estafadora que había ocasionado aquel caos. Que lo había convertido en el hazmerreír de toda Grecia y que sin duda tenía intención de escapar en cuanto pudiese.

Parecían muy cómodos jugando el uno junto al otro. ¡Qué estampa tan hogareña!

Stavros apretó los puños para no dejarse llevar por el impulso de agarrar a esa mujer por los hombros y zarandearla hasta conseguir que confesara su culpabilidad. Por un momento se permitió el placer de imaginar el gesto de horror que aparecería en su cara. Por mucho que no hubiera sido ella la que había vendido la historia, sabía que la causante del desastre en el que se había convertido su vida estaba ahí sentada, fingiendo estar interesada en la obsesión de su padre por el backgammon griego.

Le resultaba imposible calmarse mientras veía sonreír a su padre con tal satisfacción. El pobre viejo se había dejado engañar. Stavros debería haber imaginado que con sólo mirarla, su padre sucumbiría a ese aire de frágil independencia de Tessa Marlowe. Por su rostro perfecto y sus labios carnosos y traicioneros. Escucharía sus mentiras y creería todo lo que ella quisiese hacerle creer.

Vassilis Denakis tenía debilidad por las mujeres jóvenes y bellas. Se había dejado engañar por ellas en tres ocasiones llegando al punto de casarse, sin darse cuenta de que, tras aquellas muestras de cariño y el empeño de meterse en su cama, no había más que avaricia y egoísmo.

Sólo Stavros había sabido el tipo de mujeres que su padre se empeñaba en meter en la familia. Sólo él había sufrido la terrible espera hasta ver que a su padre se le caía la venda de los ojos y veía por fin la realidad.

Stavros había aprendido aquella lección sobre las mujeres a una edad muy temprana. Haría falta mucho más que la delicada belleza de Tessa Marlowe para hacer que olvidara dicha lección.

Cruzó la habitación mientras se preguntaba con profundo pesar hasta dónde habría conseguido Tessa ganarse el favor de su padre.

–¿Lo pasáis bien?

Tessa sufrió un espasmo al oír su voz burlona. Dejó caer el dado sobre el tablero y se volvió a mirarlo.

Estaba lo bastante cerca para ver la intensidad de su mirada, el brillo ardiente de unos ojos que, una vez más, hicieron que sintiera miedo. La observó de arriba abajo, como si pudiera devorarla con la mirada, como si no fuera más que una presa servida para deleite de Stavros Denakis.

Lo vio sonreír. ¡Sabía que la intimidaba y disfrutaba de ello!

—Esta chica aprende muy rápido —dijo Vassilis Denakis—. Con un poco de práctica se convertirá en una peligrosa rival.

Tessa miró al hombre cuya compañía le había resultado sorprendentemente agradable durante toda la tarde. Observaba a su hijo con atención, analizando quizá el efecto de sus palabras.

—Te recomiendo que no la subestimes —añadió el mayor de los Denakis.

—No lo haré, *patera*. Cualquiera que no tratara a esta mujer con mucha precaución sería un tonto.

A pesar de los nervios, Tessa se ofendió al oír que hablaba de ella como si no estuviera allí.

—Lo he pasado muy bien —le dijo a Vassilis Denakis intentando sonreír—. Muchas gracias por enseñarme a jugar.

—El placer ha sido mío —dijo el caballero inclinando la cabeza cortésmente—. Espero que se repita pronto —añadió.

Tessa miró un segundo a Stavros, pero tenía toda su atención puesta en su padre. Aquélla era su oportunidad para escapar.

—Si me disculpan, los dejaré para que puedan charlar a solas. Tengo que ir a...

—¿Sí, Tessa? —la voz de Stavros le acarició la piel como áspero terciopelo—. ¿Qué es lo que tienes que hacer?

Levantó la mirada hacia él mientras intentaba controlar los latidos desesperados de su corazón. Tragó saliva y se secó el sudor de las manos en los pantalones.

–Tengo que ir a lavarme el pelo.

¡Que pensase lo que quisiese!

Se puso en pie y, después de saludar a Vassilis Denakis con un gesto, salió de la habitación con paso lento y falsamente decidido. Al llegar a mitad de la escalera, le flaquearon las fuerzas y no pudo por menos que echar a correr hasta llegar a su habitación.

Estaba en el baño cepillándose el pelo cuando tuvo el pálpito de que estaban observándola. Con un escalofrío, se volvió lentamente hacia la puerta.

Stavros se había quitado la corbata y la chaqueta y se apoyaba con gesto relajado en el umbral de la puerta. En su rostro, sin embargo, no había ni rastro de relajación, tampoco parecía enfadado, pero la miraba con aire de desaprobación. Tessa se sintió atrapada.

¿Qué quería?

–Veo que estás aprovechando mi hospitalidad al máximo –su voz era como mercurio líquido, densa, suave y letal.

Tessa no respondió. ¿Qué podía decirle? Sabía que nada que le dijera podría aplacar su ánimo. Se fijó en el brazo que tenía apoyado en la puerta y vio cómo lo bajaba lentamente. Tessa se avergonzó al darse cuenta de que había algo dentro de ella que no tenía nada que ver con el miedo, era algo puramente femenino que, a su pesar, reaccionaba ante la seductora imagen de aquel hombre.

–No creas que puedes aprovecharte de la ingenuidad de mi padre –esa vez no había nada de suave en sus palabras.

–No tenía intención de...

–Y no cometas el error de pensar que no sé perfectamente a qué estás jugando –dio un paso hacia ella, llenándolo todo con su presencia.

–Yo no...

–Esto es entre tú y yo. Nadie más –estaba a sólo unos centímetros de ella–. ¿Comprendido?

Tessa asintió una sola vez, pues no confiaba en su propia voz. Sentía el pulso en la garganta. Abrió la boca y entonces vio cómo él bajaba la vista a sus labios.

Una oleada de calor la recorrió por dentro y sintió una extraña presión en el pecho. Tenía que salir de allí. Tenía la sensación de que Stavros le robaba el aire haciéndole imposible respirar.

Dio un paso a un lado, pero él estiró el brazo para apoyar la mano en la pared, acorralándola en un rincón.

–Por favor –levantó la mirada hasta sus ojos–. Deja que me vaya.

Se hizo un largo silencio.

–Claro que voy a dejar que te vayas, Tessa –esbozó una poderosa sonrisa–. Será un verdadero placer poder librarme de ti –murmuró–. Pero... todavía... no.

Como si estuviera hipnotizada, Tessa vio cómo sus ojos se acercaban más y más. Sintió el calor de su respiración en las mejillas. Sabía que tenía que apartarse de él. Hacer algo.

Sin embargo se quedó inmóvil hasta que sintió su boca sobre los labios. La envolvió el calor de su cuerpo y se rindió a lo inevitable.

Capítulo 7

SU BOCA la devoraba apasionadamente.

Era tan excitante.

Con un rápido movimiento, la estrechó en sus brazos con un brazo y la apretó contra su cuerpo mientras sumergía la otra mano en su cabello.

Tessa estaba completamente indefensa frente a su fuerza y su habilidad erótica.

La besaba como si estuvieran en guerra, como si estuviera conquistando un terreno y quisiera doblegar al enemigo. Sus labios la dominaron hasta que, con una protesta, Tessa abrió la boca para él. En seguida se dio cuenta de que había sido un error. Con su nuevo poder, su lengua se apoderó de ella, exigiendo sumisión.

Fue en ese momento cuando Tessa perdió.

Stavros llenaba todos sus sentidos. El aroma de su piel era el aroma de la tentación. El rugido de satisfacción que salió de su garganta resonó en sus oídos. El roce de su cuerpo le provocaba cientos de sensaciones al mismo tiempo, sentía que se estuviera amoldando a él, como si fueran a convertirse en uno solo. Su mano le acariciaba el cabello. El sabor de su boca era tan adictivo que hacía que deseara más y más.

Tenía las manos atrapadas contra su pecho, la fina tela de su camisa no suponía ninguna barrera para el calor que desprendía su torso. Sentía los latidos de su corazón bajo la mano, pero deseaba poder sentir también su piel.

Una excitación completamente nueva surgió dentro

de ella, provocando un fuego que amenazaba con consumirla. Era una locura, autodestructiva e imparable. Había soñado tantas veces con que aquello sucediera. Era como si, de algún modo, su cuerpo y su mente hubiesen aceptado ya que él la poseyera, pero dicha aceptación chocaba con su sentido común.

Tenía la sensación de que los pechos le hubieran aumentado de pronto mientras él exploraba su boca con la lengua. No tuvo más opción que responder a aquel baile seductor y exigente.

Stavros se detuvo por un momento, como si le sorprendiera que ella estuviera besándolo también, pero entonces Tessa sintió cómo su cuerpo se endurecía y se le aceleraban aún más los latidos del corazón. Su deseo era evidente, su cuerpo entero latía por ella. Tessa notó el poder de su excitación y algo se derritió dentro de ella como azúcar caliente.

Cambió de postura con cierta inquietud y fue en ese momento cuando él la agarró por las nalgas y la subió un poco, hasta que el calor de su excitación quedó justo en el centro de su cuerpo femenino.

Tessa nunca había sentido deseo semejante por ningún hombre.

El beso se hizo más apasionado y ella lo rodeó también con los brazos, apretándose bien contra su cuerpo, contra el poder inspirador del hombre que la había llevado a sentir tal desesperación.

Tessa inclinó la cabeza para acomodarse a él, que siguió devorando su boca con maestría. Hasta que finalmente apartó los labios de ella. Estaba muy cerca, pero no lo suficiente para satisfacer su deseo.

Tenía la respiración entrecortada, igual que ella. Durante el silencio que siguió, Tessa intentó controlarse y comprender lo que acababa de suceder mientras trataba además de descifrar la expresión de su rostro. En él había deseo, emoción, intensidad. ¿Y algo más?

Un escalofrío la recorrió al volver a la fría realidad. Aquel hombre era su enemigo, la odiaba y la consideraba una mentirosa. El mismo hombre que hasta hacía muy poco había estado prometido con otra mujer.

¡Dios!

¿Cómo podía haberlo olvidado? ¿Cómo había podido permitir que...?

—Eres increíble —murmuró él, aún sujetándola contra sí—. O eres la mejor actriz que he visto en mi vida, o...

Sus palabras fueron perdiendo fuerza mientras la dejaba libre. El sentimiento de culpabilidad de Tessa no dejaba de aumentar porque incluso entonces era incapaz de controlar la excitación. Cerró los ojos, frustrada ante su propia debilidad.

—O... —continuó él inclinándose para susurrarle al oído— realmente me lo estás pidiendo a gritos. ¿Cuál de las dos cosas es cierta, Tessa? ¿Estás tan desesperada por mí que serías capaz de abrir las piernas aquí mismo? —subió las manos por su espalda como había hecho mientras la besaba, pero de un modo totalmente paródico.

Claro que quizá también el beso había sido falso. Quizá había sido todo un engaño, un juego en el que Stavros se deleitaba simplemente porque podía hacerlo. Porque había descubierto su vulnerabilidad y había decidido utilizarla contra ella.

Durante un momento de angustia, se preguntó si habría notado lo inexperta que era en aquellos asuntos y si suponía un estímulo adicional a su inmenso ego el haber conseguido seducirla tan rápidamente y con tanta facilidad.

Tessa se apartó de él violentamente, pero Stavros volvió a agarrarla y de nada sirvió que pataleara.

—¡Suéltame!

El horror le dio fuerzas para zafarse de él y salir corriendo del baño. Necesitaba un poco de aire fresco para no vomitar. El aire que entraba por la ventana fue como recuperar la cordura.

–¡No me toques! –le gritó al sentirlo cerca de nuevo.

–Hace un momento no te importaba tanto que te tocara –dijo él arrastrando las palabras mientras ella huía de su mirada.

–Ha sido un error. Tú me has obligado...

–¡No! No sigas escondiéndote detrás de tus mentiras, Tessa –hizo una fuerza durante la que su pecho subía y bajaba apresuradamente–. No te he obligado a nada. Tú has respondido a mí con gusto –dio un paso hacia ella–. Y con lascivia.

–¡No! –clavó la mirada en sus ojos y sintió que volvía a hundirse, parecía que sólo tenía que mirarla para hacerle a Tessa perder el sentido de lo que estaba bien y lo que estaba mal. Para que se abandonara a la mayor de las locuras–. No –repitió con un susurro, prácticamente una súplica mientras luchaba por controlar un cuerpo que seguía deseando sus caricias.

–Sí –respondió él sin apartar la mirada de ella, de sus piernas temblorosas, de sus puños apretados y de sus pezones, aún endurecidos.

Tessa se estremeció al pensar lo lasciva que debía de parecer. ¿Tan obvia era su excitación? Se encontraba entre la espada y la pared, entre la necesidad de estar sola y el deseo de volver a sentirlo cerca.

–No te deseo –mintió entre dientes.

–No es eso lo que dice tu cuerpo –respondió él con una malévola sonrisa en los labios.

¡Maldito fuera! ¡La situación le divertía!

–No me importa lo que pienses. No te quiero cerca de mí.

Quizá hubiera puesto punto final al compromiso, pero sin duda no habría podido cambiar sus sentimientos tan rápido. Si Stavros y Angela habían estado tan unidos como para pensar en casarse, debían de sentir algo muy fuerte el uno por el otro. El que Stavros quisiera usarla sexualmente cuando aún se sentía unido a otra mujer era terriblemente insultante.

—¿Y qué pasa con tu ex prometida? No creo que le gustara saber lo que estás haciendo nada más romper con ella.

Al verlo eliminar la distancia que los separaba con sólo dos pasos, Tessa irguió la espalda con la determinación de no ceder a su intimidante presencia.

Pero sabía que no tenía escapatoria a no ser que él se lo permitiese.

—¿Estás intentando chantajearme... otra vez? —su voz era poco más que un susurro, pero un susurro capaz de provocar miedo.

—Yo nunca he intentado chantajearte —dijo ella después de tragar saliva—. Pero pareces haber olvidado...

—De eso nada —sus ojos ardían de furia—. Yo no olvido *nada*. Y mucho menos que has intentado utilizarme para tu propio beneficio.

Tessa abrió la boca, pero él le impidió hablar con una voz fría que le heló la sangre.

—Créeme, será mejor que no vuelvas a mencionar a Angela delante de mí.

No alcanzaba a comprender por qué la culpaba de todo. ¿Y por qué no? Había sido su estúpida ingenuidad de ir a verlo la que había provocado aquel desastre. Y el odio de Stavros parecía no tener fin.

Porque ella había hecho daño a la mujer que amaba.

La idea hizo que se le encogiera el estómago como si acabara de recibir un puñetazo.

—Pero ya que estás tan preocupada, te diré que nuestra relación ha terminado para siempre. Así que, ya ves, no hay motivo alguno que me impida no probar eso que tan libremente me ofrece —añadió en tono provocador.

Se hizo un silencio ensordecedor.

–Dicen que la variedad es la sal de la vida y debo admitir que siento... curiosidad por comprobar hasta dónde estás dispuesta a llegar para hacerte con mi dinero –hizo una pausa durante la cual el silencio se llenó de tensión.

Stavros miró a la mujer que tenía delante e intentó controlar su díscola imaginación.

–¿Sólo pretendías provocarme... o puedes ser honesta al menos con esto? ¿Seguirías adelante y te entregarías a mí?

Deliberadamente le lanzó aquellas palabras que reducían a lo más básico y brutal aquella extraordinaria atracción que había entre ellos. Porque lo cierto era que Stavros estaba luchando consigo mismo tanto como con ella.

Necesitaba minimizar aquella emoción que amenazaba con apoderarse de él al sentirla cerca y oler su aroma. Tenía que evitar la fantasía de que aquello era algo diferente, especial. Que Tessa Marlowe era única.

Pero por muy directo e insensible que se mostrara, no podía sacudirse el recuerdo de su dulzura, de su torpe entusiasmo.

¡No! Era todo mentira. Un truco para atraparlo.

Había descubierto aquella boca deliciosa y seductora y la increíble sensación de abrazarla y, aunque sabía que su respuesta era una farsa, ansiaba estar dentro de ella hasta tal punto que le dolía. ¿Acaso no había aprendido nada de los errores de su padre? Necesitaba defenderse de algún modo de lo que despertaba en él aquella mujer.

Sto Diavolo! Si hasta lo mantenía despierto por la noche con fantasías eróticas.

–Pero quizá antes deberíamos discutir tus condiciones para que no haya ningún malentendido cuando quieras cobrarte el precio –añadió con profunda cruel-dad.

Ella lo miró con los ojos abiertos de par en par e impregnados de una emoción que lo paralizó.

Había angustia en su mirada, un dolor tan real que algo se le encogió dentro del pecho.

–Tessa... –susurró al ver cómo palidecía.

¿Cómo era posible? ¿Realmente iba a dejarse enga-ñar por esa falsa inocencia?

Pero allí estaba ella, mirándolo como si fuera un bruto que acabara de descargar su ira en un ser inde-fenso. Como si él fuera el culpable y no ella, la mujer que estaba poniendo en peligro toda su existencia ha-ciéndole sentir cosas que Stavros jamás habría creído posibles.

–Quiero que te vayas –dijo ella con voz débil.

Parpadeó varias veces y Stavros vio que tenía los ojos llenos de lágrimas.

La duda se apoderó de él inesperadamente. ¿Acaso era posible que hubiera cometido un error con ella? ¿Que sus motivos no fueran tan interesados como él había creído? ¿Que realmente hubiera dicho la verdad? Por un momento, Stavros sintió que todas las lecciones aprendidas durante su vida no tenían ningún sentido.

Pero entonces se reafirmó en sus ideas. Tenía que reconocer que Tessa destacaba entre todas las mujeres sedientas de una vida fácil a las que había conocido.

–¿Y por qué debería irme? Soy tu marido, y eso sig-nifica que tengo ciertos derechos.

Al ver el pulso frenético en el cuello de Tessa, Stav-ros no pudo por menos que sentirse culpable.

–Porque yo quiero que te vayas –dijo, titubeante–. Por favor –lo miró a los ojos sólo un instante antes de volverse hacia la ventana y darle la espalda–. No puedo...

—¡Ya está bien!

Ya le había hecho sentirse como un cruel depredador. No quería escuchar nada más.

Se dio media vuelta y salió por la puerta cerrándola tras de sí. Una vez en el pasillo, se detuvo a intentar comprender lo ocurrido. No sabía qué lo alteraba más... el deseo que sentía por Tessa Marlowe y que no hacía más que aumentar con cada segundo que pasaba junto a ella, o que consiguiera hacerle pensar que se había equivocado. Como si ella fuera completamente inocente.

Ambas cosas eran preocupantes porque demostraban hasta qué punto había perdido el control.

Y eso era algo que no le había sucedido jamás.

Capítulo 8

STAVROS la dejó sola después de aquel día. Se iba de la casa muy temprano de la casa, seguramente después de haber dormido como un tronco, satisfecho de haberla puesto en su lugar.

Mientras, Tessa seguía intentando superar lo ocurrido. No dejaba de revivir la excitación que había sentido entre sus brazos, ni el horror de escucharle decir lo que pensaba de ella.

Habría deseado darle un buen puñetazo, causarle una milésima parte del dolor que él le había ocasionado a ella. Claro que nunca podría provocar el menor impacto en aquel cuerpo fuerte y musculado.

Un cuerpo ardiente. Recordaba cómo la había abrazado, cómo la había besado como si pretendiera devorarla. Le avergonzaba admitirlo, pero lo cierto era que aún sentía el calor del deseo cada vez que pensaba en ello.

Años atrás, había colocado a Stavros en un pedestal, lo había considerado un caballero que había sacrificado su vida por salvarla. Torturada por el miedo y por la añoranza de su hogar, había centrado en él todas sus emociones y deseos.

Ahora no le quedaba más remedio que enfrentarse a la terrible realidad de quién era Stavros Denakis, el frío magnate que estaba utilizando su fuerza física y mental contra ella. Y sin embargo no podía deshacerse de todas aquellas fantasías en las que él era su héroe. Un héroe que la protegía.

Y la deseaba.

Lo peor de todo era que comprendía su manera de ver las cosas. Stavros creía estar protegiendo a su familia y a la mujer que amaba de una arpía intrigante. Tessa había visto la frialdad de sus ojos cuando le había hablado de sus madrastras. No era de extrañar que le costara tanto confiar en alguien.

Pero eso no excusaba la crueldad con la que se estaba comportando con ella. Sentía escalofríos cada vez que recordaba las terribles acusaciones que le había lanzado. Y sin embargo, a pesar de la tristeza y el enfado, sentía cierta compasión por él. ¿Qué demonios le ocurría?

Tenía que dejar de pensar en Stavros y concentrarse en el futuro, cuando aquel hombre no sería más que un recuerdo del pasado, no su marido.

Se recostó sobre el asiento de la limusina y perdió la mirada en el paisaje que ofrecían las ventanillas de cristales tintados. Debería estar eufórica por escapar de los confines de la villa, aunque sólo fuera durante una hora y en compañía de varios hombres de Stavros. Pero lo único que sentía era desesperación.

Su vida era un desastre. No tenía ningún lugar al que volver; estaría tan perdida en Australia como en Grecia. Cuando por fin consiguieran solucionar el tema del matrimonio, tendría que buscar una casa y un trabajo con el que salir adelante.

Cerró los ojos con fuerza y respiró hondo. Sería mejor que pensara en la entrevista con Vassilis Denakis, que la había llamado hacía treinta minutos.

¿Para qué querría volver a verla su suegro?

Stavros se detuvo en el patio de la casa en la que había crecido. Recordaba la época en la que aquello había sido un hogar lleno de risas y de amor. Con el maravilloso aroma a mar, sal y el perfume de jazmín que había utilizado siempre su madre.

El recuerdo le parecía tan real... Entonces se dio cuenta de que *era* real. El olor a jazmín procedía de un rincón del jardín.

Frunció el ceño, pero se dirigió hacia allí a pesar de que no quería ver cómo su padre hacía el tonto por otra mujer bonita.

Tessa había ido a verlo todas las tardes de la semana. A veces Vassilis volvía a la villa con ella y cenaba con Stavros. En esas ocasiones hablaba de los negocios con un vigor que Stavros no había visto en su padre desde hacía mucho tiempo.

Stavros había pensado prohibirle a Tessa que visitara a su padre, pero cuando hablaba de ella, Vassilis parecía el mismo de antes de que la enfermedad y las mujeres sedientas de dinero le destrozaran la vida. Era evidente que estaba contento y que, en gran parte, se debía a Tessa, por lo que Stavros no sabía si agradecérselo o encerrarla para que no pudiera entrometerse y dejara de jugar con los sentimientos de un hombre de salud tan frágil.

Siguió frunciendo el ceño mientras se dirigía hacia el interior de la casa. La había evitado desde aquel apasionado beso que le había hecho perder el control. Un beso que lo había dejado desesperado, deseoso de más. Su cuerpo lo había traicionado. Y todo por culpa de una mujer que sabía era tan calculadora como sus madrastras.

Había desatado contra ella su furia, su desilusión y su culpa. Había estado muy cerca de perder la razón, pero sobre todo había sentido miedo de su propia debilidad.

Por eso había huido de ella durante los últimos días, porque no quería correr el riesgo de no poder actuar como el hombre civilizado que siempre había creído ser. Sabía que no había excusa alguna para comportarse de ese modo con ella.

Y sin duda Tessa lo consideraba un bruto, pero eso era mejor que que descubriera el poder que tenía sobre él. Porque con sólo sentir aquellos seductores ojos verdes sobre él, Stavros sabía que estaría perdido. El instinto volvería a imponerse sobre toda lógica.

Sto Diavolo! Casi deseaba creer en ella, y eso quería decir que estaba a punto de convertirse en un tonto. Como su padre.

Tessa sirvió dos tazas de café.

—Tiene buena pinta —dijo Vassilis, que estaba sentado al otro lado de la mesa—. Mucho mejor que la primera vez.

Tessa se echó a reír con una naturalidad que sólo unos días antes le habría resultado inimaginable. Su primer intento de hacer café griego había sido un completo desastre. Ahora, después de días de práctica, al menos se podía beber.

—Pruébelo. ¿O tiene miedo de que intente envenenarlo?

El padre de Stavros la miró con sus intensos ojos negros y por un momento le cortó la respiración. A veces el parecido entre Vassilis Denakis y su hijo era demasiado para ella. Los mismos ojos, la misma determinación y la misma impaciencia. Eso hizo que se preguntara si, al igual que su padre, Stavros tendría también un lado dulce y cariñoso que escondía cuidadosamente.

Nunca podría acercarse a él lo suficiente para averiguarlo, pensó con una incomprensible tristeza.

—No está mal —dijo Vassilis interrumpiendo sus pensamientos—. De hecho...

No llegó a terminar la frase. Al ver que la mirada

del anciano se fijaba en la puerta, Tessa sintió un escalofrío. Era lo que experimentaba cada vez que sentía que Stavros la miraba.

Seguramente había decidido que había llegado el momento de poner fin a aquellas visitas y hacerla pagar por haberse atrevido a acudir allí un día tras otro sin pedir permiso.

Notó que se le secaba la boca. ¿Tenía fuerzas para aquella confrontación?

—Qué agradable ver a la familia junta.

Como de costumbre, su cuerpo reaccionó con sólo oír la voz de Stavros, a pesar del sarcasmo.

—*Stavro!* ¿Qué haces aquí? —preguntó Vassilis—. ¿Ha pasado algo en la oficina?

—No, *patera*, simplemente he decidido salir más temprano.

El modo en que Vassilis abrió los ojos le dio a entender a Tessa lo inusual que era aquello. Respiró hondo para reunir fuerzas y se volvió a mirarlo. El impacto de sus ojos hizo que se alegrara de estar sentada.

El calor invadió sus mejillas cuando vio que la miraba a la cara, más concretamente a la boca. Él también estaba pensando en el beso. En el deseo y la pasión casi violenta que los había consumido por un momento. Ella además recordaba también las acusaciones que habían hecho que se sintiera vulnerable y triste.

—¿Quieres un café? —le ofreció Vassilis—. Tessa hace un *metrio* bastante decente.

—No, gracias. Dejaré el placer para otro momento.

Tessa se estremeció al oír la palabra «placer» salir de su boca e intentó no pensar en el éxtasis que había sentido en sus brazos. Dio un sorbo de café, pero enseguida algo la hizo volverse de nuevo. Volvió a encontrarse con su mirada y todo lo demás desapareció.

–Tengo cierto asunto pendiente... –dijo Stavros sin apartar sus ojos de ella– con mi esposa.

Stavros no dijo ni palabra en el trayecto de vuelta a la villa. Tessa no sabía sin sentir alivio por el silencio o miedo ante la tensión que empapaba dicho silencio. Tenía los nervios a flor de piel.

En lugar de interrogarla sobre las continuas visitas a su padre, Stavros se limitó a mirar por la ventana mientras el chófer los llevaba a casa. Una vez allí, la condujo hasta su despacho y le pidió que se sentara.

–Necesito que firmes un documento –le dijo al tiempo que le ponía delante unos papeles.

Tessa miró el documento y sintió un profundo alivio. El asunto al que se había referido no tenía nada que ver con el encuentro de días atrás.

Ahora sólo necesitaba que Stavros se alejara un poco de ella para dejar de sentir el calor que irradiaba su cuerpo. De pronto se fijó en que llevaba puesto el anillo que durante años había colgado junto a su pecho.

–Antes tendré que leerlo –murmuró mientras intentaba comprender la jerga legal del documento.

No le importaba que resoplara con impaciencia; no pensaba firmar nada sin haberlo leído previamente.

–Por supuesto –dijo él–. No esperaba menos de ti –añadió con sarcasmo.

Tessa levantó la mirada hacia él y se preguntó si algún día conseguiría liberarse de aquella imposible atracción. Si algún día podría ver a Stavros Denakis y no sentir nada.

–Está bastante claro –aseguró él–. Básicamente es un acuerdo en el que se describe lo que tienes que hacer para recibir una compensación económica. Y lo que no podrás hacer.

Tessa volvió a mirarlo. ¿Cuántas veces tenía que decirle que no quería su dinero?

De nada serviría que se lo dijera una y mil veces porque jamás la escucharía. Jamás haría caso de nada que ella tuviera que decir. El poderoso Stavros Denakis había tomado una decisión y nada lo haría cambiar.

—Si lees la cláusula ocho, verás la lista de cosas a las que te comprometes. No revelarás ninguna información sobre mí a nadie; eso incluye mi situación personal y todo lo relacionado con mi casa, mi familia y mis amigos.

Tessa leyó el texto por encima mientras él hablaba, sorprendida por la profusión de detalles.

—No hablarás con nadie, aunque no se trate de ningún periodista, de las circunstancias en las que se produjo nuestro casamiento, de nuestra vida en común o de nuestro divorcio.

¿Había alegría en su voz? Sin duda estaba impaciente por divorciarse de ella.

—Tampoco harás comentario alguno sobre mi ex prometida ni sobre ningún otro aspecto de mi vida. ¿Está claro?

—Perfectamente —respondió con indignación.

—Y para estar más seguros, habrá penalizaciones si incumples cualquiera de las condiciones —esbozó una sonrisa que la hizo estremecer una vez más.

A pesar del aire de frío hombre de negocios, había algo primitivo en el modo en que la observaba; como si estuviera buscando la menor excusa para olvidarse de su lado más civilizado y usar la fuerza para subyugarla.

—En la siguiente página podrás ver dichas penalizaciones —sin duda había satisfacción en su voz.

Aquellas cantidades eran más de lo que ella ganaría en una década.

No era de extrañar que Stavros estuviese tan satisfecho.

–Si continuas, verás lo que sin duda estás buscando. La sección en la que se especifica lo que recibirás en cuanto hayas firmado.

El timbre del teléfono interrumpió sus palabras, pero Stavros no se movió para responder.

–Puedes contestar –dijo ella con rabia–. No pienso firmar hasta haberlo leído todo.

Después de mirarla fijamente unos segundos, Stavros agarró por fin el auricular.

Debía de ser algo importante porque durante varios minutos, Stavros estuvo completamente absorto en la pantalla del ordenador, en un documento del que discutía en griego. Tessa optó por concentrarse en lo que estaba leyendo.

Finalmente llegó a la última página... y se quedó helada.

Miró a Stavros, pero seguía inmerso en la conversación, así que volvió a leer aquella cláusula. Sabía que Stavros era rico, pero aquello era... increíble.

Leyó una vez más la cantidad que recibiría a cambio de aceptar aquel acuerdo y respiró hondo. El número de ceros de aquella cifra le cortó la respiración. Aquello la haría rica y le aseguraba no volver a tener ningún problema económico durante el resto de su vida.

No tendría que ahorrar nunca más, ni preocuparse por poder pagar el alquiler. No tendría que trabajar.

Sintió un terrible ardor en el estómago.

¿Tanto estaba dispuesto a pagar con tal de liberarse de ella? ¿Cuánto dinero creía que quería ella? Hasta la ex esposa más avariciosa habría estado satisfecha con aquella cantidad.

Sólo tenía que firmar y sería libre. El divorcio tardaría un tiempo en ser definitivo, pero ya sería libre.

Stavros dejaría de temer que le revelase algo a la prensa y la dejaría marchar.

Aquello era lo que quería, ¿no? Quería poder volver a casa y seguir adelante con su vida. Pero sobre todo, quería olvidarse de Stavros Denakis para siempre.

Sólo una tonta seguiría creyendo que era posible que Stavros formase parte de su vida de algún modo. Especialmente después de cómo la había tratado.

Volvió a mirarlo unos segundos. La carísima chaqueta no ocultaba el poder de sus hombros ni la energía que emanaba de su cuerpo mientras escribía algo en el ordenador.

Los negocios eran su vida.

Lo ocurrido cuatro años atrás, cuando lo había dejado todo para salvar a una desconocida, era algo que debía olvidar.

Tessa parpadeó varias veces al volver a mirar el documento que tenía delante.

Respiró hondo y agarró el bolígrafo.

Capítulo 9

TESSA había llegado casi a lo alto de la escalera central de la casa cuando oyó un portazo y unos pasos rápidos que cruzaban el vestíbulo.

Había hecho lo que él quería, había firmado el maldito documento. Ahora sólo tenía que hacer una cosa: hacer las maletas y largarse. Con o sin pasaporte, había llegado el momento de que se marchara. Al día siguiente a esas horas estaría en Atenas, organizando el viaje a Sydney.

Tessa comenzó a caminar por el pasillo hacia la habitación, intentando pensar qué haría nada más aterrizar.

—No tan deprisa —la voz profunda de Stavros sonó a su espalda con aire de advertencia que le puso el vello de punta.

Sus dedos fuertes la agarraron del brazo. ¿Qué más quería de ella? Pensó mientras trataba de no dejarse llevar por el pánico.

—¡Suéltame!

—No hasta que me hayas dado algunas respuestas.

La llevó agarrada por el pasillo sin molestarse a disminuir el paso para que ella pudiera seguirlo.

—Me estás haciendo daño —protestó ella intentando soltarse.

—¿Crees que me importa? —su voz resultaba sombría, como si estuviera haciendo un esfuerzo por controlarse. No obstante aflojó un poco la mano. Aquel pasillo se comunicaba con otro que Tessa no había visto nunca antes. Entonces él abrió una puerta que había a la izquierda, la condujo al interior de la habitación y cerró de nuevo.

Al levantar la mirada, Tessa se encontró con una furia que ardía en sus ojos. No había ni rastro de la frialdad que tantas veces la había hecho estremecer.

–¿Qué? –preguntó ella, desafiante–. ¿Qué he hecho ahora?

Dio un paso atrás involuntariamente, y luego otro. Su ira flotaba en el aire como una nube casi tangible.

De pronto Tessa se dio cuenta de que estaba harta. Había llegado al límite de lo que podía soportar. No le importaba lo más mínimo qué demonios le sucedía, no le importaba cuánto poder tuviera o ni lo difícil que fuera a resultarle ganarse la vida al llegar a Australia. Ni siquiera le importaba la culpa que pudiera tener por haber ocasionado todo aquel caos con su aparición en la casa.

Levantó bien la frente y lo miró a los ojos.

–Adelante –lo retó–. Dímelo.

Una semana antes, incluso unos días antes, Tessa se habría echado a temblar al ver esa mirada, se habría echado atrás intentando buscar la manera de escapar a su ira. Ahora casi la agradecía.

También ella estaba enfadada. Y se sentía fuerte. Poderosa.

–¿A qué juegas? –preguntó él.

–Yo no juego. Eso te lo dejo a ti –resultaba liberador desafiarlo así. De algún modo estaba liberándose del miedo y del dolor que había acumulado durante años.

–No podrás vencerme. Tengo todos los recursos necesarios para aplastarte. Así –apretó el puño con tal fuerza que se le quedaron blancos los nudillos.

–Sólo podrás ganar si yo decido participar en tu juego.

–¿Qué se supone que quiere decir eso?

Tessa negó con la cabeza. Para ser un hombre tan inteligente tenía mucho que aprender. Después del modo en que la había tratado, merecía sufrir un poco de duda. Algún día se daría cuenta de cómo se había equivocado con ella.

–Averígualo tú solo, *kyrie* Denakis.

Una especie de rugido retumbó entre ambos. Tessa dio otro paso hacia atrás al ver que él se acercaba.

–¿Por qué lo has hecho?

–¿Hacer el qué?

–*Sto Diavolo!* Ya lo sabes –se acercó a ella un poco más, con la respiración entrecortada y los ojos enrojecidos–. El acuerdo. ¿Por qué lo has hecho?

Tessa se encogió de hombros deliberadamente.

–Lo he firmado. ¿Qué más quieres?

Stavros cerró los ojos y farfulló un torrente de maldiciones griegas. El que en ningún momento levantara la voz por encima de un susurro hacía que el resultado fuera más aterrador. A pesar del poder que sentía por haberle hecho frente, Tessa sabía que debía ser cauta.

–¡Sabes muy bien a qué me refiero! –esa vez su voz era un rugido apenas audible–. ¿Por qué has tachado la cláusula en la que se explica el dinero que vas a recibir?

–Ah, eso.

–Sí... eso.

Tessa enarcó una ceja a modo de burlona imitación.

–No juegues conmigo. ¿Qué pretendes?

–¿Yo? ¿Qué voy a pretender? –no debería estar disfrutando de aquella provocación, pero estaba demasiado cansada de sentirse culpable e inferior–. No pretendo nada. Simplemente no quiero tu dinero. Puedes quedártelo.

–¿Sabes el poder que me has dado al tachar esa

cláusula? Ahora no tengo que darte nada a cambio de tu silencio.

–¡Muy bien! –no pudo reprimir las ganas de dar una palmada de alegría–. Sabía que tarde o temprano lo comprenderías.

Stavros cubrió la distancia que los separaba con un solo paso. Ella lo miró con gesto desafiante, negándose a recular.

–No sé qué crees que estás haciendo... –comenzó a decir.

–Yo sí lo sé –respondió Tessa con firmeza–. Voy a hacer el equipaje, a recuperar mi pasaporte y después voy a marcharme. No me importa lo que pienses. Ya no queda nada que decir entre nosotros.

–¿No? –los ojos de Stavros se oscurecieron hasta parecer dos trozos de carbón–. ¿Y qué hay de esto?

De pronto la agarró por los hombros y la estrechó contra su cuerpo. Estaba duro como una piedra y ardía de furia. Tessa levantó las manos para apartarlo de sí, pero él le impidió que se moviera sin ningún esfuerzo.

La hizo ponerse de puntillas y la besó.

Era una invasión, un asalto a todos sus sentidos. Con un rugido de satisfacción, Stavros ladeó la cabeza para poseer su boca mientras con una mano le agarraba la cabeza y con la otra la rodeaba por la cintura.

La violencia de aquel beso, la dominación que ejercía su cuerpo debería haber supuesto un insulto, pero el mismo instinto que la había impulsado a hacerle frente se convirtió en una fuerza arrolladora. No se sometió a él, no. Lo que ocurrió fue que la rabia, el dolor y la impaciencia se fundieron en una pasión tan incontenible como la de él.

Subió las manos por su espalda y tiró de él hacia sí. Lo sujetó con fuerza mientras buscaba su lengua y se sumergía de lleno en el calor de aquella boca deliciosa.

La necesidad aumentó dentro de ella hasta hacerse incontrolable.

De su boca salió un gemido de placer.

Aquello debía de ser lo más peligroso que había hecho en su vida y sin embargo nunca se había sentido más segura como se sentía ahora entre sus brazos.

Sintió el roce de sus muslos y, automáticamente, un calor húmedo en el núcleo de su feminidad. Se estremeció al contacto con su pecho, que se deslizó contra ella, acariciándole unos pechos que sentía a punto de estallar, unos pezones endurecidos por la excitación.

Deseaba más caricias, deseaba sentir más, sentirlo más a él.

El corazón le latía con tanta fuerza que no oyó sus palabras, sólo sabía que había murmurado algo. Después la levantó del suelo y, sin dejar de besarla, cruzó la habitación hasta que Tessa sintió que caía en un colchón sobre el que sus cuerpos rodaron entrelazados.

Sólo tuvo tiempo de tomar aire antes de que su boca volviera a devorarla. Se abrió a él y se dejó arrastrar por el deseo, que era como una ola que la había invadido por dentro.

Sintió una mano en las nalgas y, de manera instintiva, echó la pelvis hacia delante, hasta sentir su erección. Jamás había sentido tal necesidad, era como una droga que anulaba todo sentido común y la convertía en un ser temerario que sólo deseaba seguir las embestidas de sus caderas.

Se movió al compás que él marcaba.

Stavros le puso ambas manos en la cintura, bajo la camisa y fue subiendo hasta que la prenda se convirtió en un obstáculo del que tenía que deshacerse cuanto antes. Los botones salieron por los aires, pero Tessa por fin pudo sentir su mano en el pecho.

Magia.

Otro gemido de placer.

Si era capaz de hacerle sentir aquello sólo con una mano, sólo con acariciarle el pezón...

Como en una nube, Tessa se dio cuenta de que estaba cruzando las fronteras de lo que había experimentado en toda su vida.

Y nunca había deseado nada tanto como deseaba lo que él le hacía sentir.

Cuando sus manos la despojaron también del sujetador, Tessa no pudo por menos que intentar desnudarlo también a él. Le deshizo el nudo de la corbata y luego se centró en los botones de la camisa. Él emitió una especie de rugido gutural cuando ella consiguió por fin deslizar ambas manos por la abertura de la camisa.

Tenía la piel caliente y suave, una piel que quería sentir contra los pechos.

Cerró los ojos y tuvo que abrir la boca para tomar aire. La sensación era demasiado intensa, demasiado nueva.

Su boca volvió a apoderarse de ella con frenética ansiedad mientras Tessa exploraba su cuerpo, se deleitaba con la fuerza de sus músculos.

Sin dejar de besarla un momento, Stavros fue abriéndole el pantalón hasta poder bajárselo lo suficiente para deslizar la mano por su vientre y agarrar el monte que tenía entre las piernas.

Tessa comenzó a sacudirse de placer. Apenas podía respirar, sólo podía sentir el movimiento de sus dedos.

–Ay, Dios... –susurró mientras él se adentraba más y más.

Intentó abrir las piernas para facilitarle el acceso, pero los vaqueros se lo impedían, lo que no hizo más que aumentar sus ansias de abrirse a él.

Entonces Stavros apartó la mano y Tessa abrió los

ojos de golpe, momento en el que se encontró con una mirada ardiente que observaba el subir y bajar de sus pechos. Quería volver a sentirlo, la excitación era demasiado intensa como para permitirle que parara.

Se levantó de la cama, pero sólo para quitarle los pantalones, las sandalias y la ropa interior. Tessa sintió que le ardían las mejillas y el cuerpo entero cuando sintió sus ojos sobre ella.

Pero no era por vergüenza.

Lo deseaba tanto; nunca habría sospechado que el deseo pudiera convertirse en una especie de bestia que la devoraba por dentro.

Abrió las piernas sólo un poco y, al verlo, Stavros se puso en pie y se despojó de toda la ropa en un instante. Mientras se bajaba los pantalones susurró algo en griego que hizo que Tessa lo mirara boquiabierta.

Cerró los ojos en un intento de recuperar al menos cierto control sobre su propio cuerpo.

Sentía el corazón golpeándole las costillas como si intentara escapar.

–Por favor... Stavros –le suplicó al volver a notar el roce de sus labios y de su lengua.

La impaciencia se apoderó de ella al notar el peso de su cuerpo, su piel caliente...

–Abre los ojos –le pidió él con voz ronca–. Quiero que me mires mientras me sumerjo en tu cuerpo.

Ella obedeció. Nunca había visto tanto deseo, nunca había visto nada tan maravilloso.

Sintió que algo le rozaba los muslos y, al bajar la vista, vio su miembro protegido por un preservativo. Era enorme.

Tragó saliva con cierta aprensión, sin embargo su cuerpo reaccionó por voluntad propia, levantando las caderas hacia él. Todo iba a salir bien. Era algo... natural.

Stavros bajó la mano hasta la parte más delicada de su ser y de pronto desaparecieron todos sus temores.

Levantó la mirada hacia él, con la boca abierta para decir su nombre, pero de sus labios salió un grito de dolor cuando de pronto lo sintió dentro de su cuerpo y creyó que iba a romperse.

Capítulo 10

STAVROS apoyó ambas manos a los lados de su cuerpo y buscó una manera de alejarse del precipicio. El olor de su piel era tan afrodisíaco que el mero hecho de respirar incitaba a la liberación erótica.

Se detuvo, luchando contra la necesidad de perderse en su cuerpo. En su cuerpo ardiente, sexy e inexperto.

¡Dios!

En medio de aquel torbellino sensual pudo al menos asimilar aquel descubrimiento.

¿Por qué no se lo había dicho? ¿Cómo iba él a haber adivinado la verdad?

Tessa tenía los ojos cerrados con una expresión de dolor que lo decía todo, pero no tan elocuentemente como la angustia que había visto en su mirada hacía un momento cuando lo había mirado con gesto de animal herido.

Stavros apretó los dientes para mantenerse inmóvil a pesar de que estaba en el filo de la navaja. Ella respiraba con jadeos, lo cual era una verdadera tortura para él. Deseaba...

Un gemido de dolor paralizó de nuevo sus embestidas.

Su esposa era virgen.

No importaba cuántas veces repitiera aquellas palabras en su cabeza; seguían sin tener sentido.

Si lo hubiera sabido, no la habría tocado.

Mentiroso.

Nada habría podido detenerlo, ni siquiera el saber de la inocencia de Tessa. Aquella mujer era una especie de fiebre, lo había sido desde el comienzo, pero la situación había ido empeorando con cada día que había pasado bajo su mismo techo hasta que se había hecho inevitable que sucediera lo que estaba sucediendo.

Apoyó sólo una mano en el colchón para rodearla con la otra y rodar por el colchón sin separarse de ella. Encima de su cuerpo, Tessa era una fantasía hecha realidad, su piel suave y ardiente como en cualquier sueño erótico. De pronto se dio cuenta de que su inocencia era más excitante que nada que él hubiera experimentado jamás.

Se dijo a sí mismo que debería avergonzarse por que le provocase satisfacción ser su primer amante, el único hombre al que había permitido entrar en su cuerpo. Pero no se avergonzó, sino que disfrutó de la idea.

—Te he hecho daño —le dijo de pronto con voz ronca—. Lo siento —nunca antes había tenido que decir aquellas palabras a una mujer a la que se hubiera llevado a la cama.

Tessa levantó la cara y sus ojos se encontraron. Parecía sorprendida, con las pupilas dilatadas y los ojos brillantes.

—Yo... —se aclaró la garganta—. Estoy bien.

Sí, claro, y él era el príncipe encantado. Era evidente que no era así, cualquiera se habría dado cuenta.

Cerró los ojos al sentir que sus músculos se cerraban a su alrededor. ¿Sabría el placer que le estaba dando al hacer aquello?

Abrió los ojos y la encontró mirándolo con aquellos enormes ojos verdes. La expresión de su rostro había cambiado, ahora tenía los labios entreabiertos y parecía estar preparada para él. Stavros sintió un escalofrío.

Ahora todo iría bien.

Pero debía tener cuidado y dejar que ella marcara el ritmo. Quizá muriera en el intento, pero al menos moriría sonriendo.

Tessa miró el pecho ancho y fuerte que tenía debajo y deseó tener la valentía necesaria para acariciarlo.

En el momento de sentir la penetración, había temido que aquello que había deseado durante tanto tiempo fuese físicamente imposible. Que él fuera demasiado grande, o ella demasiado pequeña para que saliera bien. Pero a medida que habían pasado los segundos y Stavros había dejado que se adaptara a la invasión de su cuerpo, el miedo había desaparecido junto con el dolor. Ahora incluso...

Sentía placer. Cerró los ojos y se concentró en todas aquellas sensaciones nuevas. Sintió cómo él levantaba las caderas para pegarse aún más; el resultado fue increíble.

—Por favor —murmuró con sorpresa—. Hazlo otra vez.

Él esbozó una leve sonrisa antes de hacer lo que ella le pedía.

—Es —encontró fuerzas para hablar entre tanto placer—. Es...

—¿Te gusta?

Tessa negó con la cabeza.

—Es mucho más que eso —dijo con un suspiro al tiempo que comenzaba a mover las caderas al ritmo de las de él.

—Siéntate sobre mí —le pidió él agarrándola por los hombros y levantándola—. Así —su voz se convirtió en un rugido que expresaba la misma satisfacción que el suspiro que emitió Tessa al encontrarse en esa nueva posición.

Una satisfacción que no hizo más que aumentar con el movimiento. Sintió sus manos en los pechos, y luego su boca.

El ritmo se incrementó y con ello el placer. Stavros bajó las manos a sus caderas, pero siguió acariciándole un pecho con la lengua.

Apenas se dio cuenta de que había dejado de hacerlo porque una oleada de sensaciones desconocidas la invadió por dentro. Se agarró a sus hombros cuando aquellas sensaciones se transformaron en una descarga eléctrica.

Abrió la boca para decir algo, no sabía el qué, pero en ese momento todo su mundo se estremeció y algo explotó dentro de ella. El éxtasis continuó hasta que ya no pudo más y cayó rendida encima de él. Sus brazos fuertes la rodearon, la apretaron fuerte y entonces sintió cómo él se tensaba para luego deshacerse en espasmos.

Se abrazó a él con un extraño sentimiento de protección.

Después todo se detuvo, sólo se oía el sonido de sus respiraciones y los latidos del corazón de Stavros.

Tessa agradeció que no dijera nada porque ella sólo quería aferrarse a la magia del momento, de la increíble experiencia que acababan de compartir. No quería pensar en la realidad.

Su último pensamiento coherente fue que se sentía plenamente satisfecha. Se quedó dormida en sus brazos, mientras él la acariciaba suavemente.

La despertó una cálida sensación. El placer era tal que no quería despertar.

Tardó unos segundos en darse cuenta de que lo que sentía bajo la cabeza no era una almohada, era puro músculo y piel cálida.

Stavros.

El calor que sentía procedía de su abrazo, que la apretaba contra su cuerpo desnudo.

–Despierta, Tessa.

¡No! No quería perder esa sensación de bienestar porque sabía que la realidad acabaría con todo aquello. Quería huir de la realidad un poco más.

Pero entonces sintió su voz susurrándole al oído de un modo que le provocó un escalofrío de placer.

–Vamos. Abre los ojos.

Obedeció a regañadientes y se encontró con la belleza masculina de su cuerpo.

–Muy bien –murmuró él.

Sintió que se movía. Abrió la boca para protestar, pero el contacto del agua la dejó muda. Agua caliente con un aroma maravilloso. Un baño caliente que alivió ciertos dolores en los que ni siquiera había reparado hasta ese momento.

Stavros retiró los brazos suavemente y Tessa quiso quejarse, quería que siguiera abrazándola. Se sentía tan segura a su lado.

Al levantar la mirada lo encontró observándola. Abrió un armario y de él sacó un albornoz con el que cubrió su desnudez. Si hubiera sido otra clase de mujer, Tessa habría protestado, le habría pedido que no ocultara aquel cuerpo perfecto, que la dejara disfrutar de su belleza.

Sólo con pensar aquello comenzaron a arderle las mejillas. Él enarcó una ceja a modo de pregunta. No podía saber lo que estaba pensando.

–¿Por qué no me lo dijiste?

¿Qué? Tessa se incorporó en la bañera, agradecida de que la espuma ocultara su desnudez.

–Podrías haberme dicho que eras virgen.

El tono de su voz la dejó helada e hizo que se le acelerara el corazón. Parecía estar acusándola, como si su virginidad hubiera arruinado la experiencia. Tessa frunció el ceño y se preguntó si sería así. Bien era cierto que no había sabido muy bien cómo satisfacerlo y se había limitado a dejar que el instinto la guiara. Pero no tenía la menor duda de que él había alcanzado el clímax con un placer tan espectacular como el que había sentido ella.

–¿Tanto importa? –las palabras salieron de su boca antes incluso de que pensara lo que iba a decir.

–Bueno, viene bien saber esas cosas –dijo acercándose a ella.

–Ah.

Estaba muy serio, como si no quisiera mantener aquella conversación.

¡Ella tampoco quería!

–Si lo hubiera sabido, habría tenido más cuidado. Habría hecho que te resultara más fácil.

¿Le preocupaba haberle hecho daño? Era cierto que se sentía algo rara, pero el verdadero dolor había desaparecido hacía mucho. Una extraña sensación de placer surgió dentro de ella al pensar que Stavros Denakis estaba preocupado por ella. Pero la dura realidad no tardó en abrirse paso en aquella dulce fantasía.

–¿Me habrías creído si te lo hubiera dicho? ¿Igual que me creíste cuando te dije que todo este tiempo había estado en Sudamérica? ¿O cuando te prometí que no había hablado con la prensa?

Vio cómo se endurecían los rasgos de su rostro.

Era inútil. ¿Acaso esperaba que admitiera su culpa, que le pidiera perdón? Cerró los ojos para no seguir viéndolo.

Lo cierto era que no esperaba nada de eso.

Hacer el amor con Stavros había sido la experiencia más maravillosa de su vida. De pronto comprendió la importancia de lo que había hecho al dejarse llevar por el deseo. No quería una disculpa, lo que quería era... ¿Qué? ¿Su pasión? ¿Su ternura? ¿Su amor?

Había hecho lo que el sentido común le dictaba que no hiciera, había actuado por impulso y en contra de su instinto de protección. Había hecho el amor con un hombre que la consideraba una enemiga y todo porque se había enamorado de una fantasía, de un hombre que en realidad no existía. El hombre de sus sueños, que era tan parecido y al mismo tiempo tan diferente a Stavros Denakis.

El roce de la esponja hizo que abriera los ojos de golpe. Allí estaba, Stavros se había agachado junto a la bañera, la seriedad había desaparecido de su rostro. La miraba de tal manera que Tessa sintió que su indignación desaparecía poco a poco, dejando paso al recuerdo de lo que había sucedido entre ellos, del placer que habían compartido. Sintió un tremendo calor en las mejillas que nada tenía que ver con la temperatura del agua y sí con el deseo que veía en sus ojos.

Sus labios se curvaron en una sonrisa que le robó el corazón.

–Deja que yo te bañe –susurró con una voz que la hizo derretir.

La esponja fue bajando por su brazo y luego recorrió sus pechos dejando un rastro de placer. De nada servía indignarse con él; Stavros Denakis ejercía un poder sobre ella que Tessa no podía controlar.

–Yo...

–Calla, Tessa. Relájate y deja que yo lo haga todo.

Con un suspiro de rendición, Tessa se recostó sobre la bañera y cerró los ojos.

Stavros se concentró en lo que estaba haciendo. Bañar a Tessa, aliviar su dolor. No debía fijarse en ese maravilloso cuerpo que parecía una invitación, ni en el modo en que se movían sus pechos al pasar la esponja entre ellos.

Tenía los ojos cerrados, pero fruncía el ceño. ¿Le dolía algo?

Había entrado en su cuerpo con la delicadeza de una apisonadora. Mientras recorría sus caderas y luego sus muslos, Stavros se dio cuenta de que todo había cambiado. Con experiencia o sin ella, Tessa le había hecho sentir un placer tan extraordinario, tan intenso, que ningún hombre podría olvidar.

La suerte estaba echada.

Quizá tuviera que poner en marcha todas sus dotes de seducción, pero tenía que poseerla otra vez. Y luego otra... y otra.

Tessa abrió los ojos cuando Stavros la sacó del agua. Mientras la secaba, ella intentó descifrar la expresión de su rostro.

El modo en que fruncía el ceño y la oscuridad de su mirada hacían que deseara abrazarlo y decirle al oído que nunca había sentido por ningún hombre lo que sentía por él.

La impaciencia se apoderó de ella mientras él la llevaba a la enorme cama. La dejó sobre el colchón y se tumbó a su lado para después arroparlos bien. Tessa sintió que se le secaba la boca y se le aceleraba el pulso.

Sabía que debía marcharse, demostrarle que era una mujer independiente, en lugar de quedarse allí esperando sus caricias.

Había sido un error acostarse con él.

¡Pero un error tan maravilloso!

Seguramente por eso se quedó donde estaba a pesar de lo que le dictaba el sentido común. Sabía que tarde o temprano pagaría por haber caído rendida a sus pies. Pero ¿por qué no disfrutar de aquella increíble locura durante el tiempo que durara?

Sus brazos la rodearon y Tessa sintió los latidos de su corazón, su piel cálida y su excitación. Recordó el placer que le había dado la unión de sus cuerpos.

¿Podría ser tan maravilloso una segunda vez?

Stavros bajó la boca hasta su oreja y Tessa contuvo la respiración.

–Cierra los ojos –le susurró al oído–. Relájate y duerme tranquila.

Capítulo 11

L A LUZ de la mañana se coló entre las cortinas. Lo primero que Tessa sintió al despertar fue el corazón de Stavros a su espalda. Tenía la mano puesta en uno de sus pechos y su erección era más que evidente. No pudo evitar moverse contra su cuerpo.

–Estás despierta –su respiración le acarició el cuello.

–Sí –cerró los ojos con deleite, aunque al mismo tiempo esperaba que en cualquier momento le pidiera que se fuera.

–Lo siento –murmuró él.

¿Cómo? ¿Stavros estaba pidiéndole disculpas? Era cierto que la noche anterior le había dicho algo parecido, pero la idea seguía resultándole muy extraña.

–Me he comportado como un animal –no había duda de su sinceridad, sin embargo su cuerpo decía algo muy diferente.

Tessa intentó girarse para verle la cara, pero la tenía agarrada con tal fuerza que apenas podía moverse. Además, el roce de su mano en el pecho estaba provocándole verdaderos escalofríos de placer que no quería dejar de sentir.

–La verdad es que me ha gustado –susurró ella.

Silencio.

Tessa suspiró. No quería arrepentirse de nada. Bien o mal, ya estaba hecho. No tenía fuerzas para seguir luchando con él, ni para echarle en cara que nunca había confiado en ella. Estando a su lado en la cama, tenía la extraña sensación de que todo eso les hubiera ocurrido a dos personas diferentes. Un hombre y una mujer que habían existido en otro tiempo.

Antes de aquella noche.

Por el momento le bastaba con que siguiera abrazándola.

¿Acaso era una tonta por creer que el hombre que la noche anterior la había bañado cuidadosamente, negando su evidente deseo de sexo, era el verdadero Stavros?

Quizá se estaba engañando al creer que había conseguido traspasar su dura coraza y que había descubierto al hombre que siempre había creído que se escondía detrás de tanta protección. El hombre que había conocido en Sudamérica: generoso, atrevido y tierno. Un hombre que quería a su padre, a quien trataba con una mezcla perfecta de respeto y humor. El mismo que había protegido a su prometida hasta el final.

Sintió una punzada de dolor al pensar en Angela. ¿Seguiría amándola?

—Aún no puedo creer que no tuvieras la menor experiencia.

Tessa se encogió de hombros.

—La abstinencia tiene sus ventajas —sobre todo cuando la alternativa era que la violaran a punta de pistola. Se estremeció de terror al recordar las veces que se había escapado por los pelos de caer en brazos de algún paramilitar.

Stavros apartó la mano de su pecho para rodearla por la cintura. El placer de sentirlo tan cerca, apretándola contra su cuerpo, era sencillamente increíble.

El deseo volvió a surgir en su interior con una intensidad que la hizo acurrucarse contra él. Una sola noche con él la había cambiado para siempre, no podía pensar en otra cosa que no fuera en volver a hacer el amor con él.

–¿Y ahora? –su voz profunda era pura tentación–. ¿Sigues prefiriendo la abstinencia?

Tessa volvió a sentir ese húmedo calor entre las piernas y tuvo que morderse el labio inferior para no gemir de placer.

–No. En este momento no me interesa la abstinencia –¿ésa era su voz? ¿Tan abiertamente provocadora?

–Ya somos dos –dijo bajando la mano de su cintura al vientre y después más abajo.

Tessa no pudo contener el gemido de placer por más tiempo.

Esa vez Stavros lo hizo bien, o al menos mejor que la noche anterior.

Acarició cada rincón de su cuerpo con las manos y con la lengua hasta que ambos estuvieron jadeantes de excitación.

El sonido de su voz pidiéndole que parara y luego suplicándole que siguiera estuvo a punto de hacerle perder el control. Eso unido al aroma de su piel, el afrodisíaco más potente sobre la faz de la tierra, hicieron que fuera un milagro que consiguiese hacer las cosas tan despacio.

–Por favor, Stavros –susurró ella.

Miró a sus ojos verde esmeralda y supo que ya no podría resistir más. Se colocó sobre ella muy despacio, pero ella lo agarró de las nalgas y lo atrajo hacia sí, de manera que Stavros se sumergió en su cuerpo.

La miró para comprobar si le había dolido; tenía los ojos y la boca entreabiertos, pero no había la menor tensión en su rostro.

Se movió dentro de ella, concentrándose en tomarse el tiempo que fuera necesario, en no perder el control. El problema era que tenía la sensación de estar en el paraíso, de haber encontrado la perfección.

Asto kalo! Ningún hombre podría soportar la tortura de aquel placer. Intentó pensar en otra cosa, pero sólo unos segundos después sintió cómo Tessa se aferraba a él y comenzaba a estremecerse. Se le aceleró la respiración y lo miró a los ojos con expresión ausente.

–Disfruta, *glikia mu* –le dijo, y ya no pudo hablar más, sólo pudo dejarse llevar por el éxtasis que alcanzaron juntos.

Mucho después, casi una eternidad, se tumbó a su lado, exhausto y asombrado ante la intensidad de lo que acababa de vivir.

Miró a la mujer con la que había compartido aquella experiencia reveladora. Tessa era un misterio. Un enigma. Había demostrado tanto deseo, tanta pasión y sin embargo era tan inocente, al menos sexualmente.

Algo parecido al orgullo y la alegría le llenó el pecho al pensarlo. Algo que ningún hombre civilizado habría admitido. Además, no había querido su dinero, lo había rechazado por escrito. ¿Por qué? No podía controlar una situación que era completamente incapaz de entender.

El hecho de que fuera virgen no significaba que no fuera tras su dinero. ¿Por qué si no había hecho el largo viaje desde Sudamérica? Su aparición durante la fiesta de compromiso había sido tan oportuna...

Si Tessa Marlowe hubiera sido tan inocente como clamaba ser, en aquel momento habría estado en Australia.

Le pasó la mano por la espalda y ella reaccionó de manera inmediata, apretándose contra él. Debía de estar medio despierta. Stavros volvió a sentir deseos de ella.

Tenía que averiguar qué pretendía y por qué se había permitido el lujo de rechazar el dinero que le ofrecía en el contrato. Pero ya tendría tiempo de hacerlo.

Recorrió la curva de su cadera con una sonrisa en

los labios. Desde luego la anulación era ya imposible, al menos alegando que el matrimonio no había sido consumado.

Entonces tendrían que divorciarse. Podrían tardar algún tiempo en conseguirlo, pero no importaba. En realidad sería un placer. Un auténtico placer porque tenía intención de aprovechar al máximo el tiempo que le quedara con su esposa. Para cuando llegara el día de firmar los papeles del divorcio, habría saciado su curiosidad y su deseo. La pasión habría acabado.

Prefirió no pensar en el extraño sentimiento de posesión que Tessa despertaba en él. Eran las hormonas. No podía ser otra cosa, pues sabía muy bien que el amor era una ilusión. ¿Acaso no había visto a su padre caer una y otra vez presa de dicha fantasía?

Era lógico que sintiera lo que sentía, especialmente sabiendo que había sido su primer amante.

Eso era todo.

Capítulo 12

DESDE la discusión tras la que Stavros y ella habían acabado en la cama, las cosas habían cambiado mucho. El hombre frío y cruel de antes había dejado paso a un Stavros empeñado en hacer realidad hasta sus fantasías más secretas.

Ese primer día no se había separado de su lado y apenas habían salido de la cama. Incluso ahora el recuerdo de la pasión y la ternura que le había mostrado hacía que se le sonrojaran las mejillas. Cuando Stavros canalizaba toda esa energía que tenía en dar placer a una mujer, los resultados eran increíbles.

Después de aquello, sólo había ido a Atenas alguna que otra tarde mientras Tessa dormía; necesitaba tiempo para recuperarse de las noches de pasión que se alargaban hasta bien entrada la mañana.

Era maravilloso. Mejor de lo que jamás podría haber imaginado.

«Pero no puede durar», se dijo mientras miraba su imagen en el espejo del baño.

Estaba viviendo una fantasía en la que se había dejado llevar por lo que sentía por Stavros, sucumbiendo a su pasión, a su voraz sexualidad. Y a la ilusión de que dicha fantasía se hiciese realidad.

Pero no podría continuar viviendo en aquel limbo en el que no había ningún tipo de compromiso, ni siquiera habían hablado de lo que sentían. Tessa lo sabía y, en los pocos momentos en los que él no estaba a su lado mientras estaba despierta, la idea la torturaba. Sin embargo quería vivir aquel sueño; por una vez quería disfrutar de la vida sin preocuparse por el futuro o por el pasado. Después de todo lo que había pasado en los últimos años merecía saborear su mayor fantasía: estar con Stavros día y noche, sin separarse de él. Enamorada.

Después de todo, el daño ya estaba hecho, ya se había entregado a él. Marcharse de allí inmediatamente sería tan difícil como hacerlo después de unos días, o de unas semanas. ¿Por qué no disfrutar del placer exquisito de ser su amante y crear recuerdos que la ayudarían a seguir adelante cuando volviera a estar sola?

Porque no había nada tan seguro como que volvería a estar sola. Tessa nunca había experimentado ningún sentido de permanencia, siempre se había sentido fuera de lugar en todas partes. A esas alturas debería estar acostumbrada a ello.

Pero se negaba a caer en la autocompasión. Así pues, abrió la puerta del baño y salió al dormitorio con la cabeza bien alta.

Allí estaba Stavros, de pie junto a la puerta, con vaqueros y una camiseta de manga corta negra que dejaba ver sus fuertes brazos. La recibió con una sonrisa que, inevitablemente, le aceleró el corazón.

¿Cómo podría pensar siquiera en marcharse de su lado?

Hasta que se acercó a él no se fijó en el perchero lleno de ropa que había junto a la cama.

–Es para ti, Tessa –murmuró él.

–¿Para mí? –Tessa fue hacia el perchero frunciendo el ceño.

–Claro que es para ti.

–Pero ¿por qué? –se quedó boquiabierta mientras observaba la delicadeza de aquellas telas, la variedad de su colores.

–Necesitas ropa –dijo abrazándola por la espalda.

Como de costumbre, Tessa se derritió con sólo sentir el contacto de su cuerpo.

Algún día tendría que reunir la fuerza necesaria para resistirse a él y volver al mundo real. Cerró los ojos y se deleitó en el placer de sentir cómo él hundía el rostro en su cabello, un gesto que había acabado encantándole en los últimos días. Un gesto de cariño... como si sintiera lo mismo que ella.

–Pero no necesito tanta –allí había ropa suficiente para vestir a un pueblo entero.

–Si por mí fuera, no tendrías que ponerte nada –le susurró al oído al tiempo que le ponía la mano en el pecho y comenzaba a besarle el cuello.

Habría sido tan fácil sucumbir a lo que le pedía el cuerpo, caer en la tentación que suponía su voz profunda y besarlo hasta que el mundo entero desapareciera a su alrededor.

Demasiado fácil.

Sin haberlo decidido conscientemente, Tessa se apartó de su lado y se acercó a tocar la ropa. El aire parecía más frío sin los brazos de Stavros rodeándola.

Con gesto titubeante, tocó un vestido de gasa y luego otro de una tela viscosa y suave. Aquella ropa no era de su estilo, ella era más de vaqueros y camisetas de algodón. Nunca se había molestado siquiera en mirar ese tipo de prendas.

–No puedo ponerme esto –mientras tocaba chaquetas, pantalones y faldas, negó con la cabeza, sorprendida de que a Stavros se le hubiese ocurrido semejante idea.

No habría puesto objeción alguna a una falda de algodón y una camiseta, o a unos vaqueros nuevos, pero con aquella ropa parecería alguien que fingía ser lo que no era.

–Es demasiado.

–¿Por qué? –había vuelto a acercarse a ella–. ¿Por qué es demasiado?

Si no lo sabía, era porque no entendía nada de moda femenina, y eso no era posible. Su empresa diseñaba las joyas más hermosas; Tessa había visto fotografías en las revistas que había en la habitación de invitados.

–Yo no podría ponerme esto, parecería... –se encogió de hombros, pues no sabía cómo explicar el aspecto tan ridículo que habría tenido con aquella ropa tan elegante–. Lo que yo necesito es algo más informal.

–Pero si esto es ropa informal –aseguró él.

–¿Esto? –preguntó sacando un vestido de seda color verde esmeralda que debía de costar una fortuna.

Él alargó la mano para tocar la tela, recorrió la cintura y la parte de arriba y fue como si la acariciara a ella. Casi podía sentir el roce de sus dedos sobre la piel: lento y sensual. Se le hizo un nudo en la garganta.

–Bueno, puede que éste precisamente no sea muy informal –convino Stavros–. Pero te veo perfectamente con él. Estarías preciosa.

Tessa observó el pronunciado escote del vestido y supo que jamás se pondría algo así. Estaba diseñado para una mujer completamente distinta a ella. No para una chica tan normal y corriente.

Volvió a colocar la percha en su sitio.

–No es para mí –dijo con firmeza a pesar de que no conseguía apartar la vista de aquella prenda. Nunca había visto nada tan hermoso.

Y la idea de que Stavros lo hubiera comprado para ella... Si no tenía cuidado, acabaría creyendo que aquello significaba algo más que la simple idea de que Stavros era increíblemente rico y estaba harto de verla con ropa vieja. Podría llegar a convencerse de que había querido comprarle algo bonito sólo por el placer de hacerle un regalo.

Stavros la observó mientras buscaba en el perchero algo con lo que sustituir las raídas prendas que llevaba y que parecían ser la única ropa que tenía.

Desde luego no encontraría nada parecido a eso. Todo aquello era de primera calidad, como correspondía a su amante. Stavros jamás se conformaba con nada que no fuera lo mejor, y lo mismo haría ella mientras estuvieran juntos.

Pensaría que estaba siendo muy generoso, tanto con su tiempo como con su dinero. Quizá aquella relación fuese corta, e inusual puesto que, técnicamente, Tessa era su mujer, pero Stavros siempre trataba bien a las mujeres con las que estaba. Pero todo cambiaba si intentaban manipularlo, si fingían sentir algo por él para conseguir dinero.

No tenía nada en contra del sexo sincero y sin compromisos. Tessa no podía disimular que su pasión era real, tan real como el deseo que él sentía por ella. Al menos en eso no podría engañarlo.

Además, deseaba verla bien vestida. Se le hacía la boca agua sólo con imaginarla con aquel vestido de seda verde... y casi sin ropa interior.

Sintió una oleada de calor al imaginarse acariciándola con ese vestido, recorriendo el escote y la tela que cubriría sus pechos, su vientre plano y más abajo... levantaría la tela poco a poco, más y más arriba hasta que...

−¿Stavros? −Tessa lo miraba frunciendo el ceño, como si no fuera la primera vez que lo llamaba. Tenía un bañador negro en la mano−. Voy a probarme esto. Lo demás no me quedaría bien.

Stavros miró todos los minúsculos bikinis que ni siquiera había tocado y reprimió las ganas de sonreír. Una cosa que había aprendido de Tessa Marlowe era que, a pesar de su sensualidad natural, fuera de la cama se mostraba deliciosamente reticente a dejar ver su increíble cuerpo.

Sería un desafío convencerla de que se vistiera para darle un gusto a él y no sólo para taparse. Aunque era muy ingenua si creía que aquel bañador era recatado; Stavros tenía una habilidad especial para elegir prendas seductoras y sabía que aquélla en particular le quedaría como una segunda piel y resaltaría su delicada feminidad.

—Póntelo —le dijo—. Iremos a darnos un baño en la piscina, pero después elegirás algo más, o tendré que elegirlas yo por ti.

—Pero...

—Nada de peros, Tessa. Ya he tenido suficiente paciencia. Si no quieres hacerlo, tendré que quemar esos harapos que llevas ahora. ¿Y qué te pondrás entonces?

Lo miró con los ojos abiertos de par en par. Stavros se acercó a ella y tuvo que hacer un esfuerzo para no sonreír al ver que daba un paso atrás. Sintió una gran excitación al pensar en hacer realidad la amenaza de quemarle la ropa.

—Sabes que no me importaría lo más mínimo que pasaras el día entero desnuda...

—Está bien —asintió por fin—. Elegiré algún vestido —y entonces bajó la cabeza y se metió en el cuarto de baño.

Stavros se dirigió al teléfono interno. La piscina se encontraba en un espacio cerrado, pero de todas formas...

—¿Seguridad? —dijo al tiempo que Tessa cerraba la puerta del baño—. No quiero que nadie me moleste en toda la tarde. Nadie debe acercarse a la piscina. ¿Comprendido?

Stavros sonrió al colgar el auricular. Eso de que su amante viviese bajo su mismo techo tenía sus ventajas. Y tenía intención de aprovechar todas y cada una de ellas.

Stavros subió los escalones de dos en dos, ansioso por comprobar si Tessa lo esperaba en el dormitorio. Durante todo el tiempo que había pasado en Atenas asistiendo a reuniones había sido incapaz de concentrarse en el trabajo; ni siquiera los preparativos de la inauguración de la nueva tienda de Shangai habían conseguido captar su atención. Porque no había dejado de fantasear con ella. Esperándolo. Desnuda.

Desnuda o quizá con uno de los diminutos negligés que le había comprado. Apenas podía contener el calor que le corría por las venas.

Abrió la puerta del dormitorio. Nadie. Dejó el ordenador y entró en el cuarto de baño para asegurarse de que no estaba allí, dándose un baño perfumado mientras lo esperaba.

Ni rastro de ella.

Sonrió con malicia mientras se quitaba la corbata y la chaqueta del traje. Tendría que hablar con ella sobre cómo debía satisfacer a un amante impaciente.

Hasta el momento nunca la había encontrado allí esperándolo. Siempre estaba en la cocina, haciendo galletas bajo la supervisión de la cocinera, o nadando en la piscina, o incluso ayudando al jardinero con alguna labor.

Sin embargo Stavros no tenía ninguna queja. Su reacción al verlo aparecer era siempre la misma: esa dulce sonrisa de bienvenida, ese beso apasionado que siempre conseguía excitarlo de manera automática.

Ninguna aventura empresarial le había resultado tan satisfactoria como iniciar a Tessa en el arte del sexo. El placer de saberse su primer y único amante había dejado paso al placer de la pasión que compartían.

Ninguna amante que hubiera tenido había sido tan generosa en la cama.

Ninguna le había hecho sentirse tan... feliz.

Guardó los gemelos en un cajón y fue en su busca.

Junto a la escalera sintió la suave fragancia de unas orquídeas y pensó en Tessa. Los pétalos eran tan suaves como su piel, especialmente en ese lugar tan sensible que tenía detrás de la oreja, donde con sólo tocarla, conseguía volverla loca.

Sonrió al darse cuenta de que nunca antes se había fijado en las flores que siempre adornaban su casa, pero aquéllas tenían algo exótico y seductor que le recordaba a Tessa, su exquisito enigma.

Porque, después de semanas de sexo y, sorprendentemente, animadas conversaciones, Tessa seguía siendo un enigma. Un misterio que no alcanzaba a descubrir.

Ahora la conocía mucho más, pero no lo bastante. Sabía que no fingía el modo en que reaccionaba a él, sabía que disfrutaba de sus encuentros sexuales y sabía también que, por algún motivo, tenía debilidad por su padre.

Los empleados de la casa también la apreciaban. Sus madrastras habían sido increíblemente bruscas con el servicio. Nunca había intentado que le comprara algún capricho carísimo; sólo había aceptado un miserable número de trajes. ¿Qué tenía eso que ver con la mujer sedienta de dinero hasta el punto de cruzar el mundo entero para extorsionarlo?

Intentó establecer algún tipo de relación entre la mujer intrigante y aquélla de gustos sencillos que había florecido en las últimas semanas sólo con unos pocos cuidados y algo de atención.

Y de pronto lo comprendió.

A diferencia de muchas mujeres que había conocido, y con las que incluso se había acostado, Tessa no pretendía llevar una vida de lujos. Sólo buscaba una cierta tranquilidad económica. Tenía que ser eso.

Después de una infancia llena de penurias, una juventud trabajando por sueldos miserables y el tiempo que había pasado en Sudamérica, no era de extrañar.

Recordó el horror que había aparecido en su rostro al ver el acuerdo que le había ofrecido. ¿Hasta ese momento no había sabido lo increíblemente rico que era?

¿O quizá estaba engañándose a sí mismo? Se detuvo justo antes de abrir la puerta de la cocina. ¿Tendría la vista puesta en algo más?

Sin embargo el instinto le decía que era sincera.

Abrió la puerta y se quedó inmóvil.

Por fin había encontrado a Tessa. Pero no estaba sola.

Cruzó la cocina sin apartar la vista de ella.

Nunca la había visto tan hermosa. Llevaba la ropa más sencilla que él le había regalado: unos pantalones anchos y un suéter casi del mismo color que sus ojos. Pero no fue su ropa lo que le llamó la atención, sino la alegría que irradiaba su rostro.

Una alegría que lo invadió también a él con sólo mirarla.

Tenía un bebé en brazos. Stavros enseguida se dio cuenta de que era el nieto de Melina, el ama de llaves. El pequeño se reía sin parar mientras intentaba tirarle del pelo.

—¡Ay! —protestó Tessa riéndose—. Adoni, no seas travieso.

Al ver el modo en que le brillaban los ojos algo se estremeció dentro de Stavros, una sensación desconocida se le alojó en el pecho.

¿Sería el modo en que sonreía al pequeño, como si nada importara más que él? ¿O sería la idea de que algún día Tessa jugara con su propio hijo? ¿Con un hijo que le habría dado otro hombre?

La fuerza de lo que sintió al imaginar tal posibilidad lo dejó helado, pero prefirió no analizar tan inquietante emoción. Stavros se regía por la lógica, no por las emociones.

–¡Stavros! –el sonido de su voz atrajo su atención.

Estupendo. Lo mejor sería no hacer caso de aquella sensación.

–Veo que tengo un rival –esbozó una sonrisa forzada, deseando concentrarse en su amante y no en algo indefinible y sinceramente aterrador.

Como de costumbre, Tessa sintió que la sonrisa de Stavros la acariciaba incluso en la distancia. Pero esa vez sintió también alivio.

Al verlo allí de pie frunciendo el ceño se le había encogido el corazón. Se había preguntado si había ocurrido algo que le había hecho volver a ser el ser huraño y desconfiado de antes.

–La verdad es que es muy guapo, ¿verdad, Adoni? –le preguntó al niño–. ¿Te importa?

–¿Que abraces a otro en mi ausencia? –respondió él con gesto burlón mientras se acercaba a ella.

Tessa se encogió de hombros. Sabía que Stavros no era así, pero debía de haber algún motivo para que hubiera puesto esa cara al verla.

–No, me refiero a que juegue con el nieto de Melina. Sé que en otras casas no está bien visto que los invitados traten con el servicio.

Sin duda ella estaba entre los invitados, pensó con amargura. ¿Cómo si no podría describir a una esposa que en realidad no era más que una amante?

Stavros enarcó ambas cejas con sorpresa.

–¿Alguna vez has visto algo semejante en esta casa?

Tessa negó con la cabeza. Más bien al contrario, todos los empleados que había conocido hablaban de Stavros con respecto, pero también con cariño, como si formasen parte de la familia.

—No, nunca.

—Así es como debe ser. Ellos son mi gente.

Tessa le preguntó con la mirada.

—Son de la isla —explicó él—. Tengo la costumbre de contratar gente de la isla siempre que sea posible, así apoyo a la economía local. Además —añadió con una sonrisa—, esta gente es la sal de la tierra.

Y era evidente que ellos pensaban lo mismo de él. Al principio sólo había visto a Stavros como un empresario increíblemente rico, pero nunca se había parado a pensar lo que hacía realmente con su dinero. Ahora sabía que concedía préstamos a bajo interés a la gente de la isla que intentaba abrir algún negocio y becas a los que querían estudiar en Atenas.

Miró a Stavros con orgullo y sintió el mismo deseo que la invadía siempre que lo sentía cerca.

—Será mejor que lleve a Adoni con su abuela.

—No tardes, *glikia mu* —le dijo con una sonrisa que ambos conocían bien—. Tengo planes para esta noche.

Tessa sabía de qué se trataba y sabía también que estaría encantada de participar en dichos planes. En lo que se refería a Stavros, carecía por completo de fuerza de voluntad para negarse a nada.

Salió de la cocina con la intención de llevar al pequeño con Melina y volver enseguida. La emoción se le alojó en el pecho con sólo pensarlo.

Stavros la vio alejarse con el niño en brazos y volvió a sentir aquella extraña emoción.

¿Qué iba a hacer?

El sexo con ella era increíble, pero sobre todo, le

gustaba que Tessa estuviera allí. Últimamente había delegado en sus ayudantes para poder pasar más tiempo con ella. No era propio de él, pero le hacía sentir tan bien.

Se pasó la mano por el pelo buscando una respuesta.

De pronto se le ocurrió una idea que hizo que se le erizara el vello de la nuca.

Algo inesperado y poco convencional.

Perfecto.

Fue hasta la ventana y la vio hablar con Melina mientras analizaba todos los aspectos y consecuencias del plan.

Su padre se sentía solo y necesitaba compañía.

Stavros quería una familia. En parte por su padre, para que pudiera conocer a la siguiente generación de Denakis. Pero también porque se había dado cuenta de que quería algo más de la vida que no fuera la emoción que le proporcionaba tener éxito en los negocios. Quería una esposa, una mujer inteligente y sexy con la que tener hijos, un hogar y compartir el descanso después de un largo día de trabajo.

Por su parte, Tessa buscaba seguridad económica y, según sospechaba, la estabilidad que proporcionaba tener una familia. Al verla con Adoni se dio cuenta de que necesitaba saber qué pensaba sobre la posibilidad de tener hijos. Sin duda sería una buena madre. Atenta y cariñosa.

La imaginaba perfectamente con sus hijos. La idea le aceleró el corazón.

Era el plan perfecto. Tessa encajaría perfectamente en su vida y él podría darle todo lo que necesitaba.

No hizo caso a la voz que le decía que Tessa era perfecta en otras cosas mucho más personales.

Además, ya estaban casados. No sería necesario ningún tedioso noviazgo, ni negociaciones de ningún tipo.

Ni utilizar anticonceptivos porque tenía la sensación de que Tessa querría tener hijos. La idea de hacer el amor con ella sin ningún tipo de barreras lo hizo estremecer de placer e impaciencia.

Sabía que era una buena decisión. No sólo buena... era perfecta.

Detendría los trámites de divorcio.

En lugar de divorcio, iba a ofrecerle a Tessa algo que no podría rechazar. Un lugar en su vida. Como esposa.

Capítulo 13

¿ACASO se había vuelto loca?

Debía de haber perdido la cabeza porque, por primera vez en su vida, la realidad era mejor que sus sueños. ¿Hacía bien en luchar por lo que quería a pesar de todo lo que tenía en contra?

La lógica le decía que era un gran error. Hacía semanas que debería haber hablado con Stavros para preguntarle adónde creía que iba aquella relación. Porque a pesar de sus cuidados, de su ternura, de cómo se preocupaba por su bienestar y de su pasión infinita, Stavros nunca hablaba sobre el futuro.

Sin duda aquello no era más que una breve aventura, algo diferente de sus relaciones con mujeres de su entorno.

Sin embargo Tessa se aferraba a la idea de que podría haber algo más. Que con el tiempo podría darse cuenta de lo bien que estaban juntos.

Sólo una loca albergaría tal esperanza.

O una mujer enamorada.

Por eso seguía allí. Por eso había puesto en peligro su orgullo y su estabilidad emocional quedándose en Grecia. Porque se había enamorado de Stavros Denakis.

Stavros personificaba todo lo que siempre había deseado de un compañero, marido y amante: fuerza, ternura, integridad y mucho más. La idea de estar sin él le provocaba un nudo en la boca del estómago.

¿Entonces por qué evitaba cualquier oportunidad que pudiera surgir para hablar del futuro?

Tessa se miró al espejo del baño, respiró hondo y levantó bien la cabeza. Había llegado hasta allí y sobreviviría a lo que ocurriera. Tenía que luchar por el futuro. Se lo debía a sí misma.

Observó el aspecto que tenía con aquel vestido verde cuyo escote era tan pronunciado que no había podido ponerse sujetador. El roce de la seda en los pechos la hizo consciente de su propio cuerpo de un modo completamente nuevo. El hecho de haberse puesto sólo unas diminutas braguitas de encaje no hacía más que aumentar la excitación.

Stavros había querido verla con aquel vestido y, aunque al principio Tessa se había asustado, ahora se alegraba del resultado y estaba impaciente de ver el efecto que tenía en él. Quizá entonces no percibiera su nerviosismo y su temor a parecer un pato disfrazado de cisne con aquel vestido de firma.

A lo mejor así la veía de otro modo... ¿Como una mujer que no parecería fuera de lugar entre sus amigos ricos? ¿Una mujer que sabía comportarse delante de gente sofisticada?

Lo dudaba mucho. Pero quizá, sólo quizá, aquel vestido sirviera para abrirle los ojos a posibilidades que no había contemplado.

Como la de seguir casado con su inadecuada esposa.

Salió del baño y entró en el dormitorio. Al otro lado de la habitación, Stavros levantó la mirada al tiempo que cerraba el ordenador portátil. El ardor que vio en sus ojos hizo que Tessa perdiera el paso y el corazón le golpease las costillas como un pájaro enjaulado.

—Date la vuelta —le pidió.

Su mirada la acarició de arriba abajo. Cuando se volvió a mirarlo de nuevo, lo encontró muy cerca, observándola con la misma intensidad. Tessa notó cómo se le endurecían los pezones y le ardían las mejillas al sentir su deseo.

Al menos en eso tenía cierto poder sobre él.

–Estás preciosa, *glikia mu*. Increíble –dio un paso hacia delante y le tomó una mano que se llevó a los labios.

Tessa se estremeció al sentir sus besos y entonces descubrió algo, una verdad demoledora.

Aunque Stavros no tuviese intención de comprometerse con ella a largo plazo, Tessa se quedaría a su lado y aceptaría lo que él quisiera darle. Porque lo amaba demasiado.

–Ven –murmuró tirando de ella–. Melina ha prometido que esta noche nos haría una cena especial, así que será mejor que bajemos antes de que caiga en la tentación de olvidarme de comer y te convenza de no salir del dormitorio–. Le acarició la mejilla al tiempo que se inclinaba para susurrarle al oído–: Ese vestido se merece que lo lleves puesto al menos media hora antes de que yo te lo quite personalmente.

Tessa no pudo evitar imaginarlo despojándola del vestido con sus manos fuertes y poderosas. Pero se esforzó en sonreír y encogerse de hombros.

–No debemos defraudar a Melina. Se ha pasado toda la tarde cocinando.

La cena estaba deliciosa y el entorno parecía sacado de un cuento de hadas. Les habían preparado la mesa en un precioso cenador que había junto al mar, iluminado por farolillos colocados en los rosales trepadores que llenaban la estructura de hierro.

Una ligera brisa hizo temblar las velas que había sobre la mesa, acentuando los rasgos marcados del rostro de Stavros. Pero Tessa no tenía tiempo de deleitarse en observarlo porque, como de costumbre, la había arrastrado a una animada conversación durante la que habían encontrado más cosas que tenían en común en todo tipo de temas.

Sólo cuando vio que él bajaba la mirada a su escote una y otra vez se dio cuenta de que le estaba costando tanto como a ella no hacer caso de la tensión sexual que se respiraba en el ambiente.

—Tengo algo para ti —le dijo cuando les retiraron los platos.

Su voz adquirió un tono sombrío que la hizo temer lo que estaba a punto de escuchar. ¿Iría a mostrarle otro de sus documentos legales con los que pretendía proteger su dinero de ella?

Pero lo que se sacó del bolsillo no era ningún papel. Tessa se quedó boquiabierta al ver la caja de terciopelo negro, adornada con una letra dorada, la delta griega. La D de Denakis que Tessa había visto en las revistas en las que se anunciaba la fabulosa joyería de la familia.

—¿Para mí? —preguntó con voz temblorosa. Una cosa era que le hubiera comprado ropa, pero una joya era algo completamente diferente.

—Para ti —se recostó sobre el respaldo y la observó—. Ábrelo.

Tessa no pudo evitar preguntarse qué significaba aquello mientras levantó la tapa con cierta inseguridad.

El brillo de la esmeralda la hizo enmudecer. Nunca había visto nada tan hermoso. Acercó la mano por la piedra perfectamente tallada y engarzada en oro. Pero no la tocó. No se atrevía. Tenía que ser un error.

—Te quedará perfecto —su voz era una especie de ronroneo seductor.

Tessa siguió mirando el colgante, incapaz de creer lo que veía.

—¿Me lo estás regalando... a mí?

—Parece hecho para ti, pero en realidad es una pieza de la familia. Perteneció a mi madre y, antes de ella, a mi abuela.

Sintió que le faltaba el aire y sus palabras le retumbaban en la cabeza. ¿Stavros quería regalarle un collar de su madre? ¿Una maravillosa joya digna de ser expuesta en un museo?

De pronto se preguntó qué implicaba aquel regalo. ¿Sería posible que Stavros se hubiera enamorado de ella igual que ella de él? No, no podía ser. Hacía demasiado poco que había roto con Angela.

Lo miró a los ojos sin poder dejar de albergar cierta esperanza. Él se puso en pie y fue a ponerle el colgante.

No necesitaba un espejo para saber si le quedaba bien. Se sentía bella, algo que no había sentido jamás. La idea de que Stavros sintiese algo por ella, lo suficiente para regalarle algo tan precioso para él le dibujó una sonrisa de felicidad en el rostro.

Entonces lo supo.

Stavros la amaba. Sentía lo mismo que ella por él.

Parecía que hubiese pasado una eternidad desde que se había enfrentado a aquel hombre cruel que no dejaba de acusarla de cosas terribles. Desde que había descubierto esa parte de él que tanto se esforzaba en ocultar: al hombre tierno, apasionado y con un maravilloso sentido del humor. El hombre al que amaba con todo su corazón.

—Tenía razón —susurró inclinándose sobre ella—. Es perfecto para ti.

Tessa se deleitó en apreciar aquel momento único. El corazón estuvo a punto de escapársele del pecho al sentir su mirada.

—Stavros, yo... —¿qué podría decir que expresara lo que sentía? Sólo había una respuesta: lo más obvio. «Te amo».

—Tessa —fue él el que habló antes de que las palabras salieran de la boca de Tessa—. He estado pensando en nosotros.

Se sentó junto a ella, con las rodillas pegadas a las suyas, y le tomó una mano. Tessa dejó a un lado lo que iba a decir para mirarlo, para suplicarle en silencio que admitiera lo que sentía. Apenas podía creerlo a pesar de las señales que había visto durante las últimas semanas.

—¿Sí? –le preguntó.

Él le acarició la muñeca.

—Este matrimonio nuestro... –comenzó a decir después de una larga pausa– me gustaría hacerlo algo permanente.

Debía de estar soñando.

—¿Quieres que sigamos casados? –tenía que asegurarse de que no se estaba engañando a sí misma.

—Sí –le apretó la mano ligeramente–. Ya he anulado los trámites de divorcio. Quiero que seas mi esposa. Para siempre.

Las palabras retumbaron en su mente al tiempo que la alegría estallaba dentro de ella.

Pero la expresión de su rostro era tan sombría... y ni siquiera se había acercado a besarla o darle un abrazo.

Una punzada de duda la dejó inmóvil, impidiéndole aceptar la proposición de inmediato. Lo miró a los ojos y entonces lo supo. No había calor, ni pasión. No había amor.

Parecía estar cerrando un trato de negocios.

—¿Por qué? –preguntó con una voz gutural que no reconocía como suya–. ¿Por qué quieres seguir casado conmigo?

No titubeó ni un instante.

—Es lo más sensato. Créeme, lo he analizado desde todos los puntos de vista y es lo mejor para todos.

—¿Para todos?

—Así es.

Volvió a acariciarle la muñeca, pero esa vez no hubo escalofríos de placer.

–Todos saldremos ganando. Sobre todo tú –hizo una pausa como si esperara que ella dijera algo.

Pero Tessa no podía hablar, tenía el cerebro bloqueado, intentado asimilar el hecho de que para Stavros su relación fuera una cuestión de lógica, no de amor.

–Formarás parte de mi familia –dijo entonces–. No te faltará de nada; tendrás la seguridad y el dinero que desees –hizo otra pausa, pero continuó al ver que ella seguía sin decir nada–: Podremos formar nuestra propia familia. Tú quieres tener hijos, ¿verdad?

Tessa asintió. Siempre había soñado con tener hijos cuando encontrara al hombre indicado. Un hombre que la amara tanto como ella a él.

Sintió ganas de llorar, pero reprimió el dolor que le encogía el estómago y el corazón porque temía que, si se echaba a llorar, no podría parar.

Su estúpido sueño de que Stavros sintiera algo por ella se había convertido en una pesadilla de proporciones épicas. Si no hubiera sido tan doloroso, podría haber resultado gracioso. ¡Cómo había alimentado aquella locura! ¿Cómo había podido creer que un hombre rico y sofisticado como él pudiera enamorarse de Tessa Marlowe? Tessa, que nunca había tenido un lugar en el mundo, mucho menos lo tendría en la mansión de un importante magnate.

El dolor era tan intenso que le costaba respirar.

–Estupendo –dijo él con una ligera sonrisa de satisfacción–. Entonces podemos empezar a intentar tener hijos.

¿Había oído? Su voz parecía proceder de otro mundo.

–¿Quieres tener hijos conmigo?

–Serán preciosos, *glikia mu*, si se parecen a su madre. Imagínatelo, imagina cómo será nuestro hijo o nuestra hija.

La emoción que percibía en su voz debía de ser producto de su imaginación. Le sorprendió la terrible claridad con la que podía imaginarse teniendo hijos con él; niños que tuvieran los ojos de su padre.

«¡No es justo!», deseaba gritar con todas sus fuerzas. No podía creer que la vida le estuviese ofreciendo aquello, era lo que más deseaba en el mundo, pero iba acompañado de la tortura de saber que nunca tendría lo más importante: el amor de Stavros.

Retiró la mano de las suyas.

—Ya es hora de tener un hijo que herede el apellido Denakis. Mi padre se pondrá muy contento, pero no es sólo por él, Tessa. Yo también quiero una familia. Es hora de que siente la cabeza con una mujer.

Se inclinó hacia ella y le acarició la mejilla. Tessa cerró los ojos para acallar la reacción traicionera de su cuerpo, que la urgía a aceptar lo que él le ofrecía.

—Quiero que tú seas esa mujer, Tessa. Sabes que estamos muy bien juntos, somos perfectos el uno para el otro —aquellas palabras encendieron un nuevo destello de esperanza—. Quiero que seas mi esposa, la madre de mis hijos y la señora de esta casa. Te daré el respeto y el cuidado que mereces. Tendrás tu propio dinero, una cantidad generosa que podrás utilizar a tu antojo y con la que te sentirás segura.

Tessa tuvo que hacer un esfuerzo por seguir respirando a pesar del dolor que habían provocado aquellas palabras que confirmaban sus temores. Quería casarse con él porque encajaba bien en el papel. Nada más.

Era curioso cómo un sueño podía hacerse pedazos a la vez que lo hacía su corazón, y todo en completo silencio.

Stavros observó a Tessa con impaciencia. Tenía los ojos cerrados, como muchas otras veces cuando le acariciaba la mejilla. Era una de las cosas que le gustaban de ella, el modo en que reaccionaba hasta al menor roce.

Pero no era placer lo que veía en su rostro.

De pronto se dio cuenta de que deseaba desesperadamente que respondiera que sí. Era extraño, pero mientras lo planeaba, en ningún momento se le había pasado por la cabeza que ella lo rechazara. Había dado por hecho que aceptaría su proposición.

Pero cuando ella abrió los ojos Stavros supo que algo iba mal. Había dolor en su mirada.

—¡Tessa! ¿Qué te ocurre? ¿Te encuentras mal?

Lo miró sin decir nada y él sintió un extraño nerviosismo. Estaba muy pálida y respiraba de un modo irregular, como si le costara hacerlo.

—¿Te duele algo? —le preguntó pasándole la mano por la espalda, estaba rígida.

Por fin asintió lentamente.

—Lo siento. La verdad es que no me encuentro bien.

Eso sí que era un eufemismo, a juzgar por la expresión de su rostro. Stavros recordó la estoicidad con la que había asegurado una y otra vez que no estaba enferma durante los primeros días de estar allí. Pero lo cierto era que el médico había opinado algo muy diferente.

—No hables —le dijo tratando de no dejarse llevar por una gélida sensación de aprensión—. Vamos adentro y llamaré al médico.

Se levantó y la rodeó en sus brazos. El temor no hizo más que aumentar al darse cuenta de la tensión de su cuerpo.

—Estoy bien —mintió cuando estaban llegando al porche de la entrada—. No es más que un dolor de cabeza. Sólo necesito descansar un rato, a solas.

Claro que iba a descansar, pero no sola. No podía apartarse de su lado mientras tuviera esa cara.

¿Cómo no se había dado cuenta antes de los síntomas? ¿Acaso había estado demasiado concentrado en lo que quería decirle? No, no era así. Sólo unos minutos antes había estado sonriendo dulcemente como una niña ante los regalos de Navidad. Cuando lo había mirado, Stavros había sentido algo completamente nuevo; una ternura y un deseo tan fuertes que no sabía cómo interpretar.

Apenas había podido contener el impulso de estrecharla en sus brazos, pero había hecho un esfuerzo por mantenerse frío para explicar con claridad todo lo que quería que supiese. Ni siquiera la había tocado hasta estar seguro de que podía hacerlo sin hacerla suya allí mismo.

Se estremeció entre sus brazos. Tenía el rostro hundido en su pecho, pero podía verle el labio inferior, se lo mordía sin parar.

Debía de ser migraña.

–Tranquila, pequeña. Ya llegamos. Enseguida podrás acostarte.

Tessa no respondió, se limitó a asentir. Stavros estaba asustado de verla así, nunca antes le había parecido tan frágil, ni siquiera la noche en la que había aparecido en la villa, a punto de desmayarse de cansancio. Al mirarla sintió un profundo temor.

Una hora más tarde Tessa descansaba en la enorme cama de Stavros, que había hecho caso omiso de sus súplicas de que la dejara dormir en otra habitación. Le había dicho que, si no quería que llamase al médico, al menos tendría que estar acompañada por si empeoraba durante la noche.

La preocupación que Tessa había visto en sus ojos había estado a punto de ser su perdición cuando se esforzaba en no llorar. No podía decirle que no era la cabeza lo que le dolía, sino el alma.

Así que había dejado que le diera un analgésico, que la desnudara, le pusiera una de sus enormes camisetas de algodón y la acostase después de lavarle la cara. Se había acostado a su lado y la había abrazado.

Tessa deseaba odiarlo por lo que le había hecho.

Stavros no tenía la menor idea de que ella lo amaba. El muy tonto creía que el matrimonio era una cuestión de confianza, no de amor. Estaba convencido de haber encontrado la solución perfecta para los dos. Si pensaba así, era evidente que no sabía lo que era estar enamorado.

Pero ¿cómo podía odiar a un hombre que la trataba como si fuera su bien más preciado, que se preocupaba por ella y la cuidaba a pesar de no amarla?

¿Cómo podría no amarlo?

Sin embargo ahora sabía que no podría quedarse con él sabiendo que no la amaba.

Tenía que marcharse.

Capítulo 14

STAVROS miró la hora una vez más. Pronto podría volver junto a Tessa.

En un primer momento había tenido intención de llevarla a la inauguración de la nueva biblioteca de la escuela; le había parecido la manera ideal de que fuera conociendo a la gente de la isla.

Todos aquéllos que la conocían ya habían mostrado su aprobación.

Y no era de extrañar porque Tessa encajaba en todas partes, ya fuera con sus amigos, con su padre o en la pequeña cena que Stavros había organizado para la semana siguiente. Pero sobre todo encajaba en su vida. De hecho parecía haberse apoderado de ella porque cada vez le resultaba más difícil pensar en algo que no fuera Tessa Marlowe. Especialmente desde que se había dado cuenta de que no había recuperado el color después del dolor de cabeza de la noche anterior.

El último discurso terminó por fin y Stavros pudo despedirse de todo el mundo para volver a casa. No le importó que su gente lo mirara sorprendido al ver que se iba tan temprano. Igual que habían aceptado el brusco fin de su compromiso y la sorpresa de su matrimonio, ahora tendrían que aceptar que tenía que volver a casa con su preciosa esposa.

No pudo evitar sonreír camino del coche. Nunca había estado tan impaciente por volver a casa y todo era porque sabía que Tessa estaría allí, esperándolo.

Ya en el coche, sintió que Petros lo miraba por el espejo retrovisor y de pronto, sin motivo alguno, Stavros sintió una presión en el estómago.

–¿Qué ocurre?

–Es kyria Denakis. ¿Sabe que esta mañana fue a visitar a su padre?

–Suele hacerlo –dijo encogiéndose de hombros, satisfecho de que Tessa hubiera salido porque eso significaba que el dolor de cabeza había remitido.

–Dimitri me ha dicho que llevaba consigo su mochila. Y le dijo que no la esperara.

¿Qué? Stavros sintió que le faltaba el aire.

–¿Estás seguro? –qué pregunta tan estúpida.

–Sí, *kyrie*. Completamente seguro. Dimitri me llamó por teléfono.

–Vamos a pasar por casa de mi padre –anunció incorporándose en el asiento. ¿Qué demonios estaba pasando? ¿Por qué necesitaba el equipaje?

Cuatro horas después, Stavros recorrió de nuevo el dormitorio con la esperanza de que esa vez pudiera encontrar algo, cualquier cosa que explicara la desaparición de Tessa.

Se había ido sin llevarse nada excepto aquello con lo que había llegado a la casa. Ni siquiera se había llevado la esmeralda Denakis, el colgante que tanto la había fascinado la noche anterior. El colgante que parecía haber sido diseñado para ella.

Se le encogió el estómago al recordar la cena de la noche anterior, Tessa había estado tan hermosa. Pero de pronto había palidecido de dolor.

Aquello le hizo sentir miedo. ¿Acaso estaba enferma? ¿Y si estaba enferma y sola, sin nadie que la cuidase?

Apretó la caja de terciopelo con ambas manos como si de algún modo contuviese los secretos de Tessa.

¿Por qué se había marchado?

¿Por qué ahora, cuando todo era perfecto?

Sto Diavolo! ¡No se había dado cuenta de lo que tenía hasta descubrir que Tessa se había ido sin dejar ni una pista de dónde estaba o de por qué se había ido!

Su padre no le había servido de mucha ayuda; sólo le había dicho que su mujer tenía todo el derecho del mundo a viajar si así lo deseaba y lo había regañado por haberle retenido el pasaporte todo ese tiempo. ¡Como si necesitara quitarle el pasaporte para mantenerla a su lado, con la pasión que había entre ellos! Tessa se había quedado con él por propia voluntad.

Se acercó a la ventana con la estúpida esperanza de ver a Tessa en el jardín. Pero era imposible.

Las palabras de su padre no dejaban de resonar en su cabeza.

«Te ha dejado. Ha vuelto a Australia».

Vassilis Denakis ni siquiera había tenido la decencia de fingir que se arrepentía de haberla ayudado a huir. Pero lo peor de todo era saber que se había marchado llorando, tan alterada que había sido incapaz de hablar coherentemente, según le había dicho su padre.

Era una tortura seguir allí esperando noticias mientras sus hombres la buscaban. Él también quería buscarla, pero si llamaba, quería estar ahí para hablar con ella.

¿Por qué se había marchado?

Stavros le había ofrecido todo lo que deseaba. Seguridad, estabilidad económica, una familia, un marido generoso y una intimidad física que sin duda disfrutaba tanto como él. Se pasó la mano por el pelo mientras se preguntaba con desesperación qué se le estaba escapando.

Esa mañana no había recibido ninguna visita, ni llamadas, ni cartas. Tampoco había utilizado el ordenador, lo que quería decir que el motivo que la había hecho huir no había sido ninguna noticia que hubiera recibido aquel día.

No comprendía por qué sus hombres aún no lo habían llamado para decirle que habían encontrado alguna pista. No podía seguir esperando sabiendo que estaba sola en un país que no conocía y cuyo idioma ni siquiera comprendía.

Salió del dormitorio y bajó corriendo con una terrible sensación de miedo en el pecho. El vacío que sentía dentro lo aterraba.

Era algo más que temor a que le pasara algo, más que enfado por el modo en que se había marchado.

Se sentía... perdido.

Al despertar, Tessa sintió unos dedos que le acariciaban el cuello y luego los hombros. La calidez de unas manos y una voz suave al oído.

—Tienes las mejillas mojadas —murmuró él besándole los pómulos, donde la piel seguía fría por las lágrimas—. No debes llorar, *glikia mu*. No me gusta verte llorar —esa vez la voz parecía más firme, lo bastante para que Tessa se diera cuenta de que aquello no era un sueño.

Era real.

Abrió los ojos y allí estaba, a sólo unos centímetros de ella. Stavros. La luz suave de la lamparita de noche iluminaba su piel aceitunada, sus ojos grises. Tessa nunca había visto aquella expresión en sus ojos.

—¿Stavros? —parpadeó varias veces. No podía estar allí. Ni siquiera sabía dónde estaba. Vassilis había prometido no decírselo. ¿Cómo demonios...?

—Seguro que sabías que vendría por ti.

Aquella mirada le llegó al corazón. Había fuerza, pero también dolor en ella. ¿Qué estaba pasando?

Se incorporó en la cama y lo miró una vez más. Allí estaba el hombre que amaba, con aspecto alterado y los ojos brillantes.

Deseaba estirar la mano y tocarlo. Su cuerpo lo reclamaba a gritos. En lugar de hacerlo, apretó los puños.

–¿Cómo has llegado aquí? –susurró con emoción.

–He saltado la valla y he entrado por la ventana. Tengo el código de la alarma, así que ha sido fácil.

¿Trepar hasta el segundo piso había sido fácil?

–¿Por qué?

–No quería volver a hablar con mi padre. Es a ti a quien quería ver. A solas.

Tessa sintió que le faltaban las fuerzas, que no podría aguantar más sin echarse en sus brazos.

–¿Vassilis te dijo que yo estaba aquí? –¿cómo podía haberla traicionado?

Ni siquiera su propio padre habría sido tan cariñoso con ella como lo había sido Vassilis cuando había aparecido allí, destrozada y desesperada.

–No –respondió Stavros–. Mi padre intentó hacerme creer que ya estarías en Atenas. Se puso de tu parte y en contra de su propio hijo. Pero sabía que ocultaba algo, aunque no me di cuenta de que eras tú –le tomó la mano entre las suyas, pero se paralizó al ver que ella la retiraba.

No podía permitir que la tocara ahora que por fin había encontrado las fuerzas necesarias para apartarse de él. Nunca había visto aquella expresión de tristeza en su rostro.

–Hasta que comprobamos todos los ferris, todos los barcos y todos los aviones no me di cuenta de que no habías salido de la isla –esbozó una sonrisa que la hizo estremecer–. De no haber sido por eso, habría estado aquí mucho antes, *glikia mu*. Pero antes he hecho que mis hombres fueran a todas las pensiones y hoteles de Atenas.

Tessa abrió los ojos de par en par. Debía de haber cientos, miles de hoteles en Atenas.

—No me llevé el collar —se apresuró a decir, pues era la única razón posible por la que podría haber desplegado tal búsqueda—. Lo dejé en...

—Lo vi —un brillo de furia apareció en sus ojos—. ¿Tienes idea de lo preocupado que estaba? ¿Preguntándome si estarías bien?

No podía hablar en serio. Después de todo lo que había vivido, un viaje en ferri a Atenas habría sido como un paseo.

—Soy perfectamente capaz de...

—¡De meterte en algún lío!

—No digas tonterías. Sé cuidarme muy bien. Conseguí seguir viva durante cuatro años de hambre y guerra civil.

Stavros curvó los labios en algo parecido a una sonrisa.

—¿Tienes idea de lo hermosa que eres, *Tessa mu*? Te tengo delante y sólo puedo pensar en cuánto te deseo, cuánto te necesito —la sonrisa desapareció para dejar paso a una triste expresión.

Tessa sintió el impacto de aquella mirada y de sus palabras, que le habían provocado un vacío en el pecho.

—No... —había tenido fuerzas para huir una vez, pero si oía aquellas palabras y veía el deseo en sus ojos, no podría resistir la tentación.

—Es cierto, Tessa. Completamente cierto. Te necesito como nunca he necesitado a ninguna mujer antes. Sin ti no puedo respirar y siento un terrible dolor aquí cuando tú no estás —se golpeó el pecho con la palma de la mano.

Sin darse cuenta, Tessa se inclinó ligeramente hacia él.

—¡No hables así! —se detuvo antes de tocarlo—. Tú

no me necesitas –añadió con rabia–. No necesitas a nadie.

–Conseguí convencerte, ¿verdad?

Se pasó la mano con una desesperación que Tessa jamás había visto en él, que jamás habría imaginado posible en Stavros Denakis.

–*Sto Diavolo!* Llegué a convencerme a mí mismo, así que no te culpo de que no me creas.

Volvió a agarrarle la mano y se la llevó al pecho, donde Tessa sintió los latidos de su corazón golpeándole las costillas.

–¿Ves lo que provocas en mí? ¿Lo que he conseguido con mi propia estupidez? –no había ni rastro de su arrogancia de siempre, sólo había duda y dolor–. Nunca en mi vida había estado tan asustado –admitió–. Me aterra pensar que no puedas perdonarme, Tessa.

–No entiendo –estaba demasiado confundida como para comprender nada–. Sólo quiero irme a casa –aquello era mucho más de lo que ninguna mujer podría soportar.

–Te amo, Tessa. Al menos créeme en eso –levantó la otra mano para acariciarle la mejilla, por donde corrían nuevas lágrimas–. No llores, pequeña. No llores –no era una orden, sino una súplica que sólo sirvió para que llorara aún más.

–Tú no estás enamorado de mí. Lo sé. Tú no crees en el amor. Y si lo hicieras, amarías a una mujer como con la que pensabas casarte –alguien elegante y sofisticado.

–¿Angela? –Stavros abrió los ojos de par en par con evidente sorpresa–. Nunca estuve enamorado de ella. Sólo era... un acuerdo que nos favorecía a ambos –volvió a pasarse la mano por el cabello–. Pero eso fue antes de que descubriera lo que es el amor.

–¡No me mientas, Stavros! No seas cruel –apartó la

mirada de él, pero seguía sintiendo su mano en la mejilla–. Sólo porque tu padre te haya dicho lo que siento
por ti, no deberías decirme eso.

–Mi padre no me ha dicho nada, *agapi mu*. Sólo
que querías alejarte de mí lo más posible.

Tessa vio la verdad en sus ojos, una verdad increíble.

–Cuando vi que te habías marchado me quedé destrozado –siguió diciendo–. Fue entonces cuando me di
cuenta de lo que tenía. De lo que había perdido. Fue
necesario que me dejaras para darme cuenta de lo que
siento por ti.

–Sé muy bien lo que sientes. Que soy lo que necesitas para atender a tus invitados y para calentarte la
cama.

–¡No! –exclamó enseguida, pero no se apartó de
ella–. No digas eso, *agapi mu* –añadió con más suavidad–. He sido un idiota, un ciego, un cretino desconfiado e insensible.

A pesar del torbellino de emociones que se había
apoderado de ella, Tessa no pudo evitar sonreír al oír
aquella descripción.

–No habrías podido elegir mejores palabras.

Él también sonrió, pero con tristeza.

–Tendrías derecho a elegir otras más fuertes. Te he
tratado de modo atroz y te pido perdón con todo mi corazón.

Tessa cerró los ojos y tragó saliva para intentar deshacer el nudo que tenía en la garganta.

–No te disculpes. Todo ha acabado –no podía seguir
allí escuchando sus disculpas, pero lo cierto era que
nada había cambiado, excepto que se había dado
cuenta de lo que sentía por él.

–Nunca acabará, Tessa. ¿No lo entiendes? Te amo
–de pronto la besó en los labios y siguió haciéndolo
mientras hablaba–. *S'agapo, Tessa mu. S'agapo.*

A pesar del placer de sus besos, de la ternura de sus palabras, seguía sin poder creerlo.

—Nunca acabará, Tessa —insistió él, adivinando quizá sus dudas—. Si te vas a Atenas y luego a Australia, te seguiré. No puedo dejar que salgas de mi vida otra vez y arriesgarme a no volver a verte.

Deslizó ambas manos por su espalda y la estrechó en sus brazos.

—¿No puedes? —se había vuelto loca.

—Abre los ojos, Tessa.

¡No! Si abría los ojos, la fantasía terminaría y volvería a la realidad. Porque aquello no podía ser cierto.

—Ábrelos, Tessa. Mírame.

Tessa hizo lo que pedía y entonces vio la angustia en su mirada, la tristeza en su rostro y la desesperación.

—Te adoro. Quiero estar contigo porque no imagino mi vida sin ti —respiró hondo antes de continuar—. Yo pensé que el amor romántico era una fantasía. Creía que un buen matrimonio se basaba en...

—La lógica —añadió ella.

Él asintió.

—No sabía que lo que sentía por ti era mucho más que deseo y no me di cuenta hasta que me abandonaste... fue entonces cuando vi lo que había hecho —la abrazó con fuerza, trasportándola al paraíso—. Sé que no merezco otra oportunidad después de cómo te he tratado. Pero sin ti no soy nada. Por eso te seguiré a Australia y, si quieres, nos haremos novios y te conquistaré poco a poco, tratándote como te mereces.

—No será necesario —susurró entre lágrimas.

—¡Claro que es necesario! ¡Dios! He vuelto a hacerte llorar. Yo quería hacerte feliz. Incluso localicé a tus abuelos porque pensé que te haría bien saber que tienes tu propia familia.

–¿Mis abuelos? –Tessa negó con la cabeza, incapaz de asimilar todo aquello.

–Esta misma mañana recibí el resultado de la investigación. Los padres de tu madre viven en un lugar de nombre impronunciable al sur de Australia. También tienes dos tíos, una tía y al menos una docena de primos.

¿Primos? ¿Tenía primos?

–En cuanto quieras, podremos viajar a Australia para que los conozcas.

Tessa miró al rostro arrogante y decidido del hombre al que amaba y de pronto desaparecieron todas sus dudas.

–Para que los conozcamos. Los dos juntos.

Todo su cuerpo se puso en tensión.

–¿Entonces me perdonas?

Tessa le puso las manos en las mejillas y lo miró a los ojos.

–Te amo, Stavros. Claro que te perdono.

Los siguientes minutos fueron un torbellino de besos, abrazos y una pasión que ambos conocían bien. Pero esa vez había algo más, algo intenso y verdadero.

Amor.

Finalmente se separaron para recuperar la respiración. Tessa recostó la cabeza en su pecho.

–Eres una mujer muy generosa, *agapi mu*.

Sonrió al oír aquellas palabras y sintió que por fin tenía un lugar en el mundo, junto al hombre al que amaba.

–Pero no esperes que te lo ponga difícil.

–Te prometo que pondré todo lo que esté en mi mano para que todo salga bien. Sólo necesito que estés a mi lado porque ya he comprobado lo que es mi vida sin ti.

El movimiento de su cuerpo le hizo ver su punto de

vista típicamente masculino. Intentó no sonreír, pero era demasiado feliz.

–Tengo planes –anunció ella–. Me gustaría estudiar.

–Me parece muy buena idea.

–Y cuando termine quiero trabajar. Si puedo, si no estoy muy ocupada...

–Cuidando de nuestra familia –añadió él con evidente satisfacción–. No te preocupes, Tessa. No pretendo encadenarte a la casa, aunque quizá trate de convencerte de que pases algún tiempo en ella... conmigo –añadió bajando la mano por su espalda.

Pasar tiempo con su marido. Perfecto.

–No quiero que me ofrezcas una fortuna que nunca podré gastar –añadió recordando aquel terrible acuerdo y la propuesta que le había hecho la noche anterior.

–Todo lo mío es tuyo, Tessa –le dijo mirándola fijamente a los ojos–. Yo mismo he hecho pedazos ese estúpido acuerdo. Te pertenece la mitad de lo que poseo.

Lo miró con los ojos muy abiertos. Estaba hablando en serio.

–Yo no pretendía... No quiero...

–Lo sé, preciosa. Así que no volveremos hablar de ello. Al fin y al cabo, no es más que dinero.

–Stavros, yo...

–No discutas, *agapi mu*. Está decidido –entonces le coló la mano por debajo de la camiseta y fue subiéndola hacia sus pechos–. Pero en cualquier otra cosa, estoy abierto a la negociación.

La sonrisa que apareció en su rostro y la pasión de su mirada le iluminó el corazón. Era todo suyo. Y ella era suya. ¿Qué más podía pedir?

Mientras su mano la exploraba, Tessa pensó que quizá debería demostrarle a su marido que sus dotes como negociadora eran tan buenas como las de él. Le metió la mano por debajo del suéter y, deleitándose en el gesto de sorpresa que había aparecido en su rostro, comenzó a acariciarlo tiernamente.

—Puede que pueda persuadirte de algún modo —murmuró Tessa.

—Puede —respondió él sonriendo—. Deberías detallar tus argumentos lentamente. Uno por uno.

Bianca™

**Había pasado de servirle el champán...
a beberlo con él en su lujoso apartamento**

Levander Kolovsky tenía un pasado oscuro y peligroso. En otro tiempo su familia lo había sido todo para él, hasta que lo traicionaron. Ahora el millonario sólo confiaba en sí mismo y no quería tener ninguna relación duradera con ninguna mujer, ni un heredero que llevara el apellido Kolovsky.

Pero Millie había vuelto a Australia en busca de Levander meses después de haber pasado con él una sola noche de pasión. A una chica tan sencilla como Millie no la habían seducido la riqueza y el poder de Levander, sino la personalidad de un hombre al que ahora tenía que revelarle un secreto: pronto iba a ser padre...

Riqueza y poder

Carol Marinelli

¡YA EN TU PUNTO DE VENTA!

Acepte 2 de nuestras mejores novelas de amor GRATIS

¡Y reciba un regalo sorpresa!

Oferta especial de tiempo limitado

Rellene el cupón y envíelo a
Harlequin Reader Service®
3010 Walden Ave.
P.O. Box 1867
Buffalo, N.Y. 14240-1867

¡Si! Por favor, envíenme 2 novelas de amor de Harlequin (1 Bianca® y 1 Deseo®) gratis, más el regalo sorpresa. Luego remítanme 4 novelas nuevas todos los meses, las cuales recibiré mucho antes de que aparezcan en librerías, y factúrenme al bajo precio de $3,24 cada una, más $0,25 por envío e impuesto de ventas, si corresponde*. Este es el precio total, y es un ahorro de casi el 20% sobre el precio de portada. !Una oferta excelente! Entiendo que el hecho de aceptar estos libros y el regalo no me obliga en forma alguna a la compra de libros adicionales. Y también que puedo devolver cualquier envío y cancelar en cualquier momento. Aún si decido no comprar ningún otro libro de Harlequin, los 2 libros gratis y el regalo sorpresa son míos para siempre.

416 LBN DU7N

Nombre y apellido	(Por favor, letra de molde)	
Dirección	Apartamento No.	
Ciudad	Estado	Zona postal

Esta oferta se limita a un pedido por hogar y no está disponible para los subscriptores actuales de Deseo® y Bianca®.
*Los términos y precios quedan sujetos a cambios sin aviso previo.
Impuestos de ventas aplican en N.Y.

SPN-03   ©2003 Harlequin Enterprises Limited

Jazmín™

Retomar la pasión
Donna Alward

La guerra lo había cambiado, pero ella conquistaría de nuevo su corazón

Jonas Kirkpatrick se había marchado del pueblo sin mirar atrás para convertirse en soldado, pero Shannyn lo veía cada día en los ojos verdes de su pequeña.

Seis años después, Jonas volvió a casa siendo un hombre muy distinto al muchacho despreocupado que Shannyn había conocido en otro tiempo. Endurecido por la guerra, Jonas era incapaz de abrir su corazón a nadie.

Hasta que descubrió lo que había dejado atrás al marcharse: un vínculo irrompible con una niña que no sabía que existiera… y el amor de la única mujer que podría hacer que volviera a sentirse completo.

¡YA EN TU PUNTO DE VENTA!

Deseo™

Padre y millonario
Emily McKay

El millonario Dex Messina creía saberlo todo sobre las mujeres... hasta que
encontró a aquella pequeña en su
puerta. Si había algo de lo que Dex
estaba seguro era de que la guapísima pelirroja que había aparecido en
su vida de pronto asegurando que había cometido un error escondía algo.
Lucy Alwin estaba dispuesta a todo
con tal de ganar la custodia de su
querida sobrina... incluso a fingir ser
la mujer con la que Dex se había
acostado una noche. Pero si mentir al
guapo millonario era difícil, resistirse
al deseo que sentía por él podría resultar sencillamente imposible.

**Descubrir el secreto de aquella mujer sería un verdadero
placer para él...**

¡YA EN TU PUNTO DE VENTA!